古典詩歌研究彙刊

第九輯

龔鵬程 主編

第 15 冊

東坡辭賦研究
——兼論蘇過辭賦（下）

李 燕 新 著

國家圖書館出版品預行編目資料

東坡辭賦研究——兼論蘇過辭賦（下）／李燕新 著 -- 初版
-- 新北市：花木蘭文化出版社，2011〔民 100〕
目 4+164 面；17×24 公分
（古典詩歌研究彙刊 第九輯；第 15 冊）
ISBN 978-986-254-533-1（精裝）
1.（宋）蘇軾 2.（宋）蘇過 3. 辭賦 4. 宋代文學
5. 文學評論
820.91 100001470

古典詩歌研究彙刊
第九輯 第十五冊 ISBN：978-986-254-533-1

東坡辭賦研究——兼論蘇過辭賦（下）

作 者 李燕新
主 編 龔鵬程
總 編 輯 杜潔祥
出 版 花木蘭文化出版社
發 行 所 花木蘭文化出版社
發 行 人 高小娟
聯絡地址 新北市永和區中正路五九五號七樓之三
電話：02-2923-1455／傳眞：02-2923-1452
網 址 http://www.huamulan.tw 信箱 sut81518@ms59.hinet.net
印 刷 普羅文化出版廣告事業
初 版 2011 年 3 月
定 價 第九輯 20 冊（精裝）新台幣 28,000 元

東坡辭賦研究
——兼論蘇過辭賦（下）

李燕新 著

目次

上冊

下　冊

第四章　東坡辭賦之藝術特色

就前章所論，東坡辭賦之題材多樣、內涵深廣，可窺見東坡不同時期之思想及心境。若就其所用賦體之形式觀之，亦眾體皆備。除仿《楚辭》所作之騷辭而外，其以「賦」為名之作品，即包括騷賦、古賦、駢賦、律賦、文賦等樣式，可見其才學之多方。各形式之賦作均有其產生之淵源及背景，所偏重之作法及風格亦有異，東坡對各體式之辭賦，雖皆源於古，卻不泥於古，各體均有其特殊之藝術特色，茲以東坡辭賦各體式為別，試論其藝術之特色。

第一節　騷體類辭賦之特色

東坡採用騷體類句式所作之辭賦，有以辭（詞）等為名之作品十三首（含哀辭）；復有以賦為名之作品四首。騷辭與騷賦雖皆同源於《楚辭》，惟其流衍不盡相同。因漢人辭、賦之界限常不分，如《史記・屈原賈生列傳》曾云屈原「乃作〈懷沙〉之賦」。按〈懷沙〉為《楚辭・九章》之一篇，原並無「賦」名。又班固《漢書・藝文志》載「屈原賦二十五篇」又云：「春秋之後，周道寖壞，聘問歌詠不行於列國，學詩之士逸在布衣，而賢人失志之賦作矣。大儒孫卿及楚臣屈原離讒憂國，皆作賦以風，咸有惻隱古詩之義。」因漢人多將屈原所作騷辭以「賦」稱之，故後代每稱以屈原《離騷》為代表之《楚辭》

等作品爲「賦」。〔註 1〕

按《文心雕龍》有〈辨騷〉及〈詮賦〉二篇，分述騷、賦之淵源及流衍，其於〈詮賦〉篇云：

> 及靈均唱騷，始廣聲貌，然則賦也者，受命於詩人，而拓宇於《楚辭》也。於是荀況〈禮〉〈智〉，宋玉〈風〉〈釣〉，爰錫名號，與詩畫境。〔註 2〕

由《文心》之言，可知賦雖源於騷，惟自有名號之後，已有其特殊之風格，與《離騷》不盡相同矣。漢初流行《楚辭》，故漢人擬作者甚多，惟並未以賦爲名，此種體式，歷代有人撰作，至唐、宋猶然。此等作品均未以賦冠名，故可謂之楚騷之流衍。採用《離騷》句式，而首將其冠以賦名者，厥爲漢初之賈誼。賈誼於漢文帝時爲人所讒，出爲長沙王太傅，及渡湘水，因感一己與屈原境遇相似，故以騷體爲句式，以賦爲名，作〈弔屈原賦〉以抒發感懷，於是首篇騷賦因而產生。自賈誼作此賦後，漢代之騷賦自西漢以迄東漢，作者不絕如縷，如司馬相如〈長門賦〉、〈哀二世賦〉、董仲舒〈士不遇賦〉、司馬遷〈悲士不遇賦〉、楊雄〈太玄賦〉、班固〈幽通賦〉等名篇迭出，不勝枚舉。以下歷魏、晉、唐、宋、明、清，騷體賦均代有作者，且篇章不少。

因騷賦源出於《楚辭》，而後代仿騷之作，亦出於《楚辭》，故近代多有人將二者不分，以爲凡仿騷之作，均謂之騷賦，如今人曾棗莊於〈論宋賦諸體〉一文中即曾云宋・朱昂〈隋河辭〉；歐陽脩〈啄木辭〉、〈哭女師辭〉；蘇軾〈傷春詞〉；晁補之〈望渦流辭〉、〈返迷辭〉、〈冰玉堂辭〉、〈漫浪閣辭〉、〈遐觀樓辭〉、〈山坡陀辭〉等皆爲傑出之「騷體賦」。〔註 3〕

〔註 1〕如清・戴震有《屈原賦注》；朱駿聲有《離騷賦補注》；今人姜亮夫有《屈原賦校注》、《屈原賦今譯》；郭沫若有《屈原賦今譯》等，皆將屈原作品以「賦」稱之。

〔註 2〕據周振甫《文心雕龍注釋》頁 80（北京人民文學出版社）。

〔註 3〕曾氏〈論宋賦諸體〉一文，見包頭《陰山學刊》1999 年 1 月號（收入北京人民大學《中國古代近代文學研究》1998 年 8 月號）。

按曾氏所列之作品，皆爲仿騷之「辭」，並未冠以賦名，私意以爲過於籠統，不甚妥當。按今人曹明綱認爲「騷賦」是指漢代才形成，「那種『取《騷》中瞻麗之辭以爲辭』的作品，而不包括先秦時以屈原《離騷》爲代表的楚辭和歷代一大批不以賦爲名的擬騷作品。」〔註4〕又今人郭建勛云：

騷體賦必須具備兩個基本條件：其一是採用楚騷的文體形式，也就是以「兮」字句作爲其基本的句型；其二是明確地用「賦」作爲作品的稱名。〔註5〕

私意以爲曹、郭二氏所言甚是。蓋作者本身將其作品冠以賦名，方謂之爲賦。騷賦雖源於《楚辭》，惟既以賦名之，則必有若干賦之特質滲入。而仿騷之作，基本上仍規模《楚辭》，且後代如「哀辭」等作品，亦常用騷體句式，可謂之賦乎？宋・朱熹《楚辭集注》所附之《楚辭後語》，雖有取若干以賦爲名之作品，惟多數仍爲擬騷之作；其後元代祝堯《古賦辯體》則將擬騷作品收於該書《外錄》，是若干擬騷之作，廣義而言，似亦可以賦視之，實則二者同源異流，可分別而觀也。

本此原則，以下將東坡騷賦與騷體辭分別論述其特色。

一、論騷賦，則題材多樣，屢變舊格

東坡賦中，可視爲騷賦之作品共有四篇，即〈灩澦堆賦〉、〈屈原廟賦〉、〈服胡麻賦〉及〈酒子賦〉。

按騷賦淵源於《楚辭》中《離騷》等作品，屈原作品以抒情爲多，故清・孫梅嘗云：

又有騷賦，源出靈均，幽情藻思，一往而深，則《騷》之眞也，班、張優爲之。……非淺學所能學步也。〔註6〕

〔註4〕見所著《賦學概論》頁61（上海古籍出版社）。

〔註5〕見〈騷體賦的界定及其在賦體文學中的地位〉一文，（長沙）《求索》2000年5月（收入北京人民大學《中國古代近代文學研究》2001年3期）。

〔註6〕見《四六叢話》卷4，「賦三」之前言。臺北世界書局本，頁620。

今人曹明綱亦以爲「抒寫失意之情、落拓之志，便成了騷賦的創作主題。」〔註 7〕曹氏之言，大抵不誤，試觀漢代之騷賦，十九爲抒情之作，後代亦然。如唐代古文大師韓愈、柳宗元亦善騷賦，韓愈之〈感二鳥〉、〈復志〉、〈閔已〉、〈別知〉等賦，以及柳宗元之〈解祟〉、〈懲咎〉、〈閔生〉、〈夢歸〉、〈囚山〉等賦，皆深於抒情者，可爲代表。

東坡一生，曾遭遇貶謫流放多次，但東坡諸多賦作之中，從未以騷體賦表示其傷懷、落拓或不遇之情境者，其貶謫時期所作之他體辭賦，率皆充滿曠達開朗、超然物外之胸懷，其境界之高超，洵非常人所及。而其可考之四首騷賦，無論構思、寫作手法、句式等均大異於傳統之騷賦，（《服胡麻賦》雖大體襲用《九章・橘頌》之句式，惟內涵則大異其趣。）

〈灩澦堆賦〉，爲東坡可考騷賦最早之一篇，有關本賦之情志內涵已詳述前章，不贅。而此賦就其形式特色而言，極爲特異。賦前有長序，前章已具引，不錄。賦文云：

> 天下之至信者，唯水而已。江河之大與海之深，而可以意揣。唯其不自爲形，而因物以賦形，是故千變萬化而有必然之理。
>
> 掀騰勃怒，萬夫不敢前兮；宛然聽命，惟聖人之所使。余泊舟乎瞿塘之口，而觀乎灩澦之崔嵬，然後知其所以開峽而不去者，固有以也。
>
> 蜀江遠來兮，浩漫漫之平沙。行千里而未嘗齟齬兮，其意驕逞而不可摧。忽峽口之逼窄兮，納萬頃於一盃。方其未知有峽也，而戰乎灩澦之下，喧豗震掉，盡力以與石鬭，勃乎若萬騎之西來。忽孤城之當道，鉤援臨衝，畢至於其下兮，城堅而不可取。矢盡劍折兮，迤邐循城而東去。於是滔滔汩汩，相與入峽，安行而不敢怒。
>
> 嗟夫！物固有以安而生變兮，亦有以用危而求安。得吾說

〔註 7〕見《賦學概論》頁 89。

而推之兮，亦足以知物理之固然。

本賦散句極多，故亦有人將其視爲「文賦」者。〔註 8〕惟宋代文賦均直接以散文句法敘述，並間雜韻腳，其前從未有「序」。而騷賦雖未必皆有序，但因諸多騷賦以「兮」字爲逗，句式較整齊，故常有加「序」以補充賦意者。東坡此賦雖多散句，但用騷體「兮」字句式者，亦約略及半，且前又有以散文所寫之序文先說明賦意，以整體形態言之，已具騷賦形式。又騷賦賦末常有「亂曰」、「重曰」、「訊曰」、「系曰」等，以騷體句式總結或歸納全文內容，可謂騷賦之重要特徵。東坡此賦雖未有如「亂曰」之名，惟其末段「嗟夫」以下四句，以騷體句式總結全賦，正爲「亂曰」之形態。故東坡此賦基本上可以騷賦視之，惟因其散句甚多，亦可稱之爲騷散混合體，其實乃一變體之騷賦也，惟其如此，正可看出東坡改變舊賦體格以及創新之能力。

本賦之藝術特色及表現技巧，其可說者厥有以下數端：

（一）騷散夾雜，句式活潑

本賦雖基本仍採騷賦之句式，惟其中散句極多。賦文首段即極似散文，且韻腳寬泛，已可謂文賦體式，次段爲主要之一段，雖以騷體句式爲主，仍然夾雜諸多散句，且騷體句式亦擺脫較常用之四、六句式，有七字或九字句者，極爲活潑。此賦可看出宋代散文滲入賦中之痕跡，此賦雖尚未成爲純熟之文賦，但其機兆已見。

（二）善用譬喻，鋪張揚厲

本賦敘述江水自上游衝至灩澦堆前之一段，將江水喻爲攻城之軍隊，將巨石喻爲孤城，以極簡鍊之筆法，敘兩軍相鬥，形象而生動，賦體文學「鋪采摛文」、「體物瀏亮」之特色，雖具體而微，但表露無遺。此段文字將騷體賦一般抒情哀惋之特色，破壞殆盡，實可稱新變之雄。

〔註 8〕如李瓊英即將之歸於散文賦，見《宋代散文賦研究》頁 86。（臺灣師大 80 年碩士論文）。

（三）議論勃發，理趣深遠

本賦先論水「以物賦形」之特性。末段如「亂曰」之作法，總言出安而生變，危而求安之哲理。雖暗採《老子》「禍福相倚」及《莊子》「無用爲用」之觀念，惟新意警醒，寓意深遠，極發人省思。

〈灩澦堆賦〉爲東坡二十四歲時之作品，全賦充滿陽剛蓬發之氣，後代評價甚高，就其藝術手法而言，於宋代賦體之新變，有一定之地位及影響。

東坡另一首騷體賦爲〈屈原廟賦〉，此賦爲東坡嘉祐四年出蜀，過三峽後，道經湖北秭歸屈原廟所作，係一首弔屈賦。弔屈賦最早一篇爲漢賈誼之〈弔屈原賦〉，既爲弔屈，自以仿屈之騷辭出之，且應出以抒情，賈生此賦以直陳式敘述，大部分採《楚辭》常用之四，六句式，賦中多用比興抒發對屈原遭遇之不平與同情，且有自況境遇之意。賈誼此賦可謂最早一篇弔屈賦，亦可謂史上最早之騷體賦，無論內容、形式均極具典型。

騷賦一般多用直陳式，而少用問答體，但因與漢代逞辭大賦設詞問答法相互滲透之故，亦偶有用之者，如賈誼〈鵩鳥賦〉即略採人與鳥之對話，惟此體式後代較少人使用。

東坡之〈屈原廟賦〉，爲弔屈之作，雖採騷體，惟其章法結構及句式均異於傳統之騷賦，而對屈原忠直愛國之行爲，又以議論代抒情，對屈原之評騭，另出新意，均可見此賦之不凡，茲分述之。

（一）結構新穎，突破舊規

騷賦多採直陳敘述式，東坡此賦採用作者與屈原（靈魂）之對答式，結構極爲新穎，盡破騷賦舊規。茲引本賦對答之部分如下：

【東坡問】

> 伊昔放逐兮，渡江濤而南遷。去家千里兮，生無所歸而死無以爲墳。悲夫！人固有一死兮，處死之爲難。徘徊江上欲去而未決兮，俯千仞之驚湍。賦〈懷沙〉以自傷兮，嗟子獨何以爲心。忽終章之慘烈兮，逝將去此而沉吟。

【屈原答】

吾豈不能高舉而遠遊兮，又豈不能退默而深居？獨嗷嗷其怨慕兮，恐君臣之愈疏。生既不能力爭而強諫兮，死猶冀其感發而改行。苟宗國之顛覆兮，吾亦獨何愛於久生。託江神以告寃兮，馮夷教之以上訴。歷九關而見帝兮，帝亦悲傷而不能救。懷瑾佩蘭而無所歸兮，獨惸惸乎中浦。

【東坡問】

自子之逝今千載兮，世愈狹而難存。賢者畏譏而改度兮，隨俗變化斲方以爲圓。黽勉於亂世而不能去兮，又或爲之臣佐。變丹青於玉瑩兮，彼乃謂子爲非智。

【屈原答】

惟高節之不可以企及兮，宜夫人之不吾與。違國去俗死而不顧兮，豈不足以免於後世？

【東坡答】

嗚呼！君子之道，豈必全兮。全身遠害，亦或然兮。嗟子區區，獨爲其難兮。雖不適中，要以爲賢兮。夫我何悲，子所安兮。

在一問一答中，將屈原忠君愛國，以死爲諫之胸懷闡發無遺，且對後人批評屈原不知明哲保身、露才揚已、顯暴君過等非智之行爲，作一中肯之總評。

（二）句式多變，不拘一格

騷賦之句式，大多以六言及四言爲主，且必綴有「兮」字。〔註9〕東坡此賦，除末段（猶若「亂辭」）大體以四言爲主外，其他各段中之句式，均有極大變化，如：（按「兮」字不計於字數內）

【四、十句式】

去家千里兮，生無所歸而死無以爲墳。

【六、七句式】

〔註 9〕參見曹明綱《賦學概論》頁 97～101，論「騷賦」之基本句式一節。

變丹青於玉瑩兮，彼乃謂子爲非智。

【六、八句式】

歷九關而見帝兮，帝亦悲傷而不能救

【八、六句式】

懷瑾佩蘭而無所歸兮，獨惸惸乎中浦。

【八、八句式】

違國去俗死而不顧兮，豈不足以免於後世？

【九、六句式】

徘徊江上欲去而未決兮，俯千仞之驚湍。黽勉於亂世而不能去兮，又或爲之臣佐。

【九、七句式】

惟高節之不可以企及兮，宜夫人之不吾與。

【九、九句式】

吾豈不能高舉而遠遊兮，又豈不能退默而深居。生既不能力爭而強諫兮，死猶冀其感發而改行。

句式多變，長句甚多，頗具散文風味，其氣勢亦流宕勁健，可說騷賦形式之新變。

（三）以議論代抒情，肯定屈原

本賦擺脫騷賦幽怨抒情之色彩，而代之以理性之議論，如「人固有一死兮，處死爲難」；又如「自子之逝兮，世愈狹而難存。賢者畏譏而改度兮，隨俗變化斲方以爲圓」；又如末段「嗚呼」以下，以中肯口吻評屈原，對於屈原採激烈之手段殉死諫君，以「雖不適中，要以爲賢兮」作總結，可謂千古定評。

宋代朱熹謂東坡此賦「不專用楚語」，元代祝堯謂其「不規規於楚辭之步驟」；皆謂其未盡合騷賦體式，然朱子謂東坡此賦「是爲有發於原之心」，而祝堯則云「中間描寫原心，如親見之；末意更高，眞能發前人所未發。〔註 10〕均對此賦頗爲肯定。宋・晁補之曾編《續

〔註 10〕以上朱熹之言見《楚辭後語》頁 598；祝堯之言見《古賦辯體》卷 8

楚辭》二十卷、《變離騷》二十卷，所收者均爲歷代於創作精神或形式技巧受屈原影響之作品。故晁補之乃深於騷者，其曾云：

公（指東坡）嘗言古爲文譬造室，賦之於文，譬丹刻其楹桷也，無之不害於爲室。故公之文常以用爲主，賦亦不皆放《離騷》，雖然，非不及騷之辭也。〔註11〕

由晁氏之言觀之，東坡作賦，以「用」爲主，並不拘泥於舊有之形式，晁氏云東坡騷賦「非不及騷之辭也」，乃深爲肯定其新變之特色。甚至以復古爲尚之祝堯亦云：「大蘇之賦（按：指屈原廟賦）如危峰特立，有嶄然之勢。」〔註12〕亦寓有高出眾人，開創新格之意。

東坡紹聖元年（1094），貶謫惠州，其間有潮人王介石、泉人許玨，贈以南方之「酒子」，東坡 感而作賦。此賦妙趣橫生，全賦洋溢與友人飲酒之歡娛，而東坡以騷體出之，可謂盡掃騷賦怨悒之特色，使本賦極爲特出。其藝術特色，如：

（一）用三字句式，活潑輕快

本賦後半除少數七、八言句外，大多以六言爲句，且奇句末綴「兮」字，偶句則一韻到底，乃騷賦之基本句式。惟賦文開首一段，多用三字句，且略去「兮」字不用，頗爲奇特，賦文云：

米爲母，麴其父，蒸羔豚，出髓乳。憐二子，自節口。餉滑甘，輔衰朽。先生醉，二子舞。歸瀹其糟飲其友。

按南朝宋・謝惠連〈雪賦〉開首云：

歲將暮，時既昏。寒風積，愁雲繁。梁王不悅，遊於兔園。〔註13〕

以兩組三言句之偶句開端，簡鍊特奇，引人入勝。其後唐・杜牧〈阿房宮賦〉開首云：

六王畢，四海一。蜀山兀，阿房出。

「宋體」，頁821、822。

〔註11〕見《校正經進東坡文集事略》卷1，頁8〈屈原廟賦〉下題注。

〔註12〕見《古賦辯體》卷8「宋體」，蘇轍〈屈原廟賦〉前評語，頁824。

〔註13〕謝惠連〈雪賦〉見《文選》卷13。

杜牧亦以兩組對句開端，簡鍊雄渾，深得破題之妙，千古傳誦。而東坡〈酒子賦〉以五組三言句開端，或對或不對，自然活潑，將友人贈「酒子」之情意及歡娛之態表述無遺，令人激賞，句法雖脫胎於謝、杜二賦，惟將其引入騷賦，實另開局面。

（二）妙喻橫生，頗多趣味

◎烝羔豚，出髓乳。

形容米、麴相混，發酵過程，如蒸羔羊、小豬；米酒初熟，酒子浸出，如流出精髓與乳汁。

◎吾觀稚酒之初泫兮，若嬰兒之未孩。

以初生兒尚不知笑，喻酒子初熟之醇美。

◎及其溢流而走空兮，又若時女之方笄。

以少女之純真美好，喻酒子滲完之純美狀態。

◎割玉脾於蠭室兮，氄雛鵝之毰毸。

喻初取出之酒子，甜如蜂房所割下之白色蜂蜜；而酒子之柔滑又如幼鵝鳥羽掉下之絨毛。

◎味盎盎其春融兮，氣凜冽而秋淒：

喻酒子之香味如融融春光；而酒氣清冽如淒淒秋風。（按：杜牧〈阿房宮賦〉云：「歌臺暖響，春光融融；舞殿冷袖，風雨淒淒。」東坡似頗采其意。）

◎噉朝霞於霜谷兮，濛夜稻於露畦。

謂飲酒子，如朝霞之照於霜谷，倍覺溫暖；而又如夜稻承雨露一般，頗爲滋潤。

由以上引例觀之，東坡〈酒子賦〉極力稱揚酒子之醇美。所用之譬喻形象而生動，實前所未有，將比興技巧發揮至極致。而內容更表示出對當地人贈酒子之感激與歡娛，故賦末又以戲笑之口吻云：

> 顧無以酧二子之勤兮，出妙語於瓊瑰。歸懷璧且握珠兮，
> 挾所有以傲厥妻。遂諷誦以忘食兮，般空腸之轉雷。

對於酬酒子之二位友人，無以爲報，惟寫此賦以贈。此賦如精金美玉，不惟可向其妻子示傲，亦可誦而忘飢。東坡此賦不僅表示出與民間百姓之友情，亦可顯示其在處逆境之時，尙能以開朗曠達，隨緣自適之心情面對一切橫逆，洵令人欽佩。而此賦能另開境界，大異於一般傳統騷賦，其寫作手法，眞不可及矣。

東坡以《離騷》句式所寫者，尙有〈服胡麻賦〉一首，此賦幾乎全採《九章・橘頌》句式，茲引之以爲比較。《楚辭・九章・橘頌》云：

> 后皇嘉樹，橘徠服兮。受命不遷，生南國兮。深固難徙，更壹志兮。綠葉素榮，紛其可喜兮。曾枝剡棘，圓果摶兮。青黄雜糅，文章爛兮。精色内白，類任道兮。紛緼宜修，姱而不醜兮。
>
> 嗟爾幼志，有以異兮。獨立不遷，豈不可喜兮。深固難徙，廓其無求兮。蘇世獨立，橫而不流兮。閉心自愼，終不失過兮。秉德無私，參天地兮。願歲並謝，與長友兮。淑離不淫，梗其有理兮。年歲雖少，可師長兮。行比伯夷，置以爲像兮。〔註14〕

〈橘頌〉爲屈原所有作品最早之一篇，前半頌橘，重於橘之生性及生態，隱以橘喻人；後半言已之個性及志趣，隱以己比橘。前半極盡「體物」之妙，後半深表「寫志」之意。通篇「體物寫志」，開賦體之先聲，亦爲後代詠物作品之先驅，於屈原作品中極具特色。東坡〈服胡麻賦〉句式幾全仿〈橘賦〉，賦文云：

> 我夢羽人，頎而長兮。惠而告我，藥之良兮。喬松千尺，老不僵兮。流膏入土，龜蛇藏兮。得而食之，壽莫量兮。於此有草，眾所嘗兮。狀如狗蝨，其莖方兮。夜炊晝曝，久乃臧兮。伏苓爲君，此其相兮。
>
> 我興發書，若合符兮。乃瀹乃烝，甘且腴兮。補塡骨髓，流髮膚兮。是身如雲，我何居兮。長生不死，道之餘兮。

〔註14〕〈橘頌〉見《屈原集校注》頁606（北京中華書局）。

神藥如蓬，生爾廬兮。世人不信，空自劬兮。搜抉異物，出怪迂兮。槁死空山，固其所兮。

至陽赫赫，發自坤兮。至陰肅肅，躋於乾兮。寂然反照，珠在淵兮。沃之不滅，又不燔兮。長虹流電，光燭天兮。

嗟此區區，何與於其間兮。譬之膏油，火之所傳而已耶？

此賦前有長序，已具引於第三章，不錄。就其賦文句式觀之，幾全用四、三言，偶句加「兮」之句式。僅末段「何與於其間兮」爲五言句，另加散句「譬之膏油，火之所傳而已耶？」二句。通篇仿〈橘頌〉而更有整齊流麗之美。本賦詠服胡麻之心得，亦可謂詠物賦，惟東坡此賦之內涵則與〈橘頌〉大異其趣，除言服胡麻養生之功能外，又引出一段一般人「貴遠賤近」、「舍近求遠」之愚笨心理，使文意有所深入。又前段「伏苓爲君，此其相兮」，以聖君必有賢相相配，比喻伏苓必得胡麻相配，乃能大有功效，譬喻新奇而傳神。故本賦實乃借〈橘頌〉之形式，而另寫其他之內容，可見東坡善用舊體式創新格之功力。宋．朱熹對東坡之騷體類作品，皆不稱許，除於〈弔屈原賦〉之內涵稍爲認同之外，唯最贊許〈服胡麻賦〉，於其《楚辭後語》中僅選此篇，並云「唯此賦爲近於〈橘賦〉故錄其篇云。」〔註 15〕可知朱熹讚許者乃東坡此賦之形式，蓋此賦輕快流宕，賦末又有成仙之遐想，風味特殊。

總合東坡之騷賦觀之，東坡擺脫騷賦怨思抒情之色彩，以多變之句式、流宕之散句、精妙之譬喻、深刻之議論、新穎之題材等，爲騷賦另開一片天地，除可見東坡因古創新之功力外，宋代文學之特色亦融入其中，東坡騷賦雖不多，但極具特色。

二、論騷辭，則脫胎楚辭，另闢新境

東坡以騷體句式所寫之作品，共十三篇，已見第二章。其中以「詞」（或「辭」）爲名者計五篇，以「引」及「行」爲名者各一篇。其他

〔註 15〕見《楚辭集註》之《楚辭後語》頁 598。

六篇均爲哀辭（其中〈傷春詞〉實爲哀辭，惟未以「哀辭」名篇）。除哀辭收於文集之外，其他各篇均收於東坡之詩集，蓋此等仿騷之作，東坡既不以賦名，則賦體之鋪排誇飾或議論等特色較少出現，大多以抒情爲主，其風格較近於詩歌，故後人乃將其收入詩集。其實《楚辭》中騷體之作，在未「與詩畫境」之前，尚不能謂之賦，其風格實較近於詩歌，故東坡騷辭諸作，亦有詩歌風味。茲舉其於黃州所作二篇及惠州所作一篇，以觀其風格之變化。

東坡於黃州所作之〈黃泥坂辭〉云：

> 出臨皋而東騖兮，並叢祠而北轉。走雪堂之陂陀兮，歷黃泥之長坂。大江洶以左繚兮，渺雲濤之舒卷。草木層累而右附兮，蔚柯丘之蔥蒨。余旦往而夕還兮，步徙倚而盤桓。雖信美不可居兮，苟娛余於一眄。
>
> 余幼好此奇服兮，襲前人之詭幻。老更變而自哂兮，悟驚俗之來患。釋寶璐而被繒絮兮，雜市人而無辨。路悠悠其莫往來兮，守一席而窮年。時游步而遠覽兮，路窮盡而旋反。朝嬉黃泥之白雲兮，暮宿雪堂之青煙。喜魚鳥之莫余驚兮，幸樵蘇之我嫚。初被酒以行歌兮，忽放杖而醉偃。草爲茵而塊爲枕兮，穆華堂之清晏。紛墜露之濕衣兮，升素月之團團。感父老之呼覺兮，恐牛羊之予踐。于是蹶然而起，起而歌曰：
>
> 月明兮星稀，迎余往兮餞余歸。歲既晏兮草木腓，歸來歸來兮，黃泥不可以久嬉。〔註 16〕

本辭大部份以六言句組成，亦有若干七言句，兩句一韻，奇句之句末綴「兮」字，與屈原《離騷》極爲相類。末附有「歌曰」五句，另換一韻，句句押韻，相當於「亂辭」，惟以柏梁體出之，輕快婉轉。本辭擺脫騷辭幽怨之氣息，而代之以輕朗活潑之語調，其中敍黃州風景，以及每日往來臨皋及雪堂之情況，全辭充滿隨遇而安，曠達高超之意念。全文如畫，似可見一身被繒絮、酒醉放浪與野人牛羊爲伍之

〔註 16〕見《蘇軾詩集》，卷 48，頁 2643。

「東坡野老圖」，全文讀來令人激賞。

元祐元年，東坡在京與黃庭堅、張耒、晁補之等夜坐時，復再書〈黃泥坂辭〉全文，贈予張耒，並又手書一通贈予駙馬都尉王詵（晉卿），可見東坡亦自賞如此。〔註17〕

元豐五年，蘇轍二女婿王子立（適），赴徐州應舉，落解回筠州時，道經黃州晤東坡，東坡作〈歸來引送王子立歸筠州〉云：

> 歸去來兮，世不汝求胡不歸。洶北望之橫流兮，渺西顧之塵霏。紛野馬之決驟兮，幸余首之未鞿。出彭城而南騖兮，眷丘壟而增欷。亂清淮而俯鑒兮，驚昔容之是非。念東坡之遺老兮，輕千里而款餘扉。共雪堂之清夜兮，攬明月之餘輝。曾雞黍之未熟兮，歎空室之伊威。我挽袖而莫留兮，僕夫在門歌式微。歸去來兮，路渺渺其何極。將稅駕於何許兮，北江之南，南江之北。
>
> 于此有人兮，儼峨峨其豐碩。孰居約而爾肥兮，非糠覈其何食。久抱一而不試兮，愈溫溫而自克。吾居世之荒浪兮，視昏昏而聽默默。非之子莫振吾過兮，久不見恐自賊。吾欲往而道無由兮，子何畏而不即。將以彼爲玉人兮，以子爲之璞也。〔註18〕

本文名雖曰「引」，實亦騷辭體。其特色有二：

（一）雖用騷辭，溫而不傷

本文係王子立落解後，東坡寬慰子立之作，前段敍子立之來訪，以及於雪堂盤桓之情景，並未有哀怨牢騷之味，反而深情款款，極有長者風範。其中兩用「歸去來兮」淵明之成句，似有勉其心胸宜曠達，勿計較得失之意。全段用「微」字韻，極爲溫婉。次段突然跳脫子立，遠及於對其弟蘇轍之懷念，極深友于之情，雖仍用騷辭體句式，且轉押入聲韻，惟並未有傷痛怨憤之氣，仍然溫而不傷。故此「引」雖爲

〔註17〕東坡手書〈黃泥坂辭〉及書贈王詵（晉卿）始末，見〈書黃泥坂辭後〉，《蘇軾文集》卷68「題跋」，頁2137。

〔註18〕見《蘇軾詩集》，卷48，頁2642。

抒情，然極有溫厚風味，可謂新變騷辭之體格。

（二）章法新穎，總合翁婿

本文首段言王子立，為現場之景；次段懷子由，為虛想之境，章法新穎。清・馮應榴注云：「『於此有人』以下，言子由也。」可知本「引」總合翁、婿二人言之，對蘇轍之遭貶，子立之落解，惋惜哀惋之意，見於言外，最後以「將以彼為玉人兮，以子為之璞也。」兩句叩合兩人，對子由之稱美及對子玉之期許，盡在其中。

紹聖年間，東坡貶惠州時，常往遊羅浮山，對於仙人偓佺、仇池桃源等，心嚮往之，曾作〈山坡陀行〉一首，文云：

> 山坡陀兮下屬江，勢崖絕兮遊波所蕩如頹牆。松茀律兮百尺旁，拔此驚葛藟之。上不見日兮下可依，吾曳杖兮吾僮亦吾之書隨。藐余望兮水中沠，頎然而長者黃冠而羽衣。澣頤坦腹磐石箕坐兮，山亦有趾安不危，四無人兮可忘飢。仙人偓佺自言其居瑤之圃，一日一夜飛相往來不可數。使其開口言兮，豈惟河漢無極驚余心。默不言兮，蹇昭氏之不鼓琴。憺將山河與日月長在，若有人兮，夢中仇池我歸路。此非小有兮，噫乎何以樂此而不去。
>
> 昔余遊于葛天兮，身非陶氏猶與偕。乘渺茫良未果兮，僕夫悲余馬懷。聊逍遙兮容與，晞余髮兮蘭之渚。余論世兮千載一人猶並時，余行詰曲兮欲知余者稀。峨峨洋洋余方樂兮，譬余繫舟於水，魚潛鳥舉亦不知。何必每念輒得，應餘若響，坐有如此兮人子期。〔註19〕

此「行」多採句中間雜「兮」字之句式，亦為騷辭句式之一種。惟東坡此「行」之句式極為多變，其中有四言、五言、六言、七言、八言、十言、十一言等句式，其中七言及十一言句最多；六言及九言次之。各種句式參雜並出，極似「坡陀」之山勢，又有仙人渺茫之意境。此時東坡已近晚年，各種文體得心應手，此辭猶如長篇歌行，又雜騷辭

〔註19〕見《蘇軾詩集》，卷48，頁2646。

句式，兀傲靈動，而東坡隱慕仙人及淵明之心境，亦昭昭然在。

東坡其他騷辭，如〈清溪詞〉敍述清溪附近之景色，並抒發胸懷，全詞采柏梁體出之，讀之輕快溫潤。〈太白詞〉、〈上清詞〉寫諸神降雨、驅魔之法力，莊嚴肅穆。而諸篇「哀辭」除對辭中所述人物表達哀思之情外，或傷歎其有才不遇、或惋惜其有德不壽等，率皆因事制宜，隨機而變，將騷辭體式充分活用。

第二節　古賦之特色——師法古體，力求新變

以賦之時代及體裁作賦之分類，最早且具代表性者，厥爲元・祝堯所著之《古賦辯體》，祝氏將元代以前之賦分爲「楚辭體」、「兩漢體」、「三國六朝體」、「唐體」、「宋體」五大類。其分類兼顧時代及各體類賦之形式或藝術之特點。元代時各體式之賦，形式均已成熟，惟祝氏將其冠以時代之名稱，則易使人對其形式產生混淆。至明・徐師曾乃祖祝堯之說法，而代之形式之特點，其於《文體明辨序說》云：

> 故今分爲四體：一曰古賦、二曰俳賦、三曰文賦、四曰律賦。〔註20〕

徐氏之分類，後人大多採之。如清・王芑孫即云：「自唐以前，無古賦、排賦、律賦、文賦之名，今既爜陳，不得不假此分目。」〔註21〕顯係受徐師曾之影響。按迄至宋代，各時代所衍變之辭賦，皆已有其特定之形式，如駢賦（即俳賦、排賦）雖成熟於南北朝時，惟唐代以後，作品殊多；律賦雖產生於唐代，但宋代律賦較唐代更盛，雖元、明較沈晦，但清代律賦之盛、作品之多，更前所未有。而文賦肇源於唐，而大盛於宋。以上三體已不可以時代拘之，當以其形式爲別。惟古賦定義較爲模糊，若以時代言之，荀卿、宋玉之作、漢代逞辭大賦、漢代騷體賦、或去「兮」字之變體騷賦、爲駢賦先驅之漢代短賦、或

〔註20〕見《文體明辨序說》「正編」,「賦」項目下，頁 52。（臺北大安出版社《文體序說三種》本）。

〔註21〕見所著《讀賦卮言》之〈小賦〉一段（何沛雄《賦話六種》本頁 11）。

四言之詩體賦，均可謂之古賦。其中騷體賦因逐漸有特定之形式，後代作者亦多，故又有人將其分出，如清・孫梅論賦形式之演變曾云：

> 左陸以下，漸趨整鍊，齊梁而降，益事妍華。古賦一變而爲駢賦，江、鮑虎步於前，金聲玉潤；徐、庾鴻騫於後，繡錯綺交。固非古音之洋洋，亦未如律體之靡靡也。自唐迄宋，以賦造士，創爲律賦，用便程式，新巧以製題，險難以立韻，課以四聲之切，幅以八韻之凡。栫以重棘之圍，刻以三條之燭，然後銖量寸度，與帖括同科，夏課秋卷，將揣摹共術矣。…又有騷賦，源出靈均，幽情藻思，一往而深，則騷之眞也，班、張優爲之。又有文賦，出荀子禮、智二篇，古文之有韻者是已。歐、蘇多有之，皆非淺學所能學步也。〔註 22〕

由孫梅之言觀之，其將古賦以下，復再分騷賦、駢賦、律賦、文賦四體，較徐師曾分類爲明確。私意以爲，古賦除其時代之作品外，後代仿之而作者，均可謂之。以宋代而言，若仿漢代逞辭大賦之答問體者，或一般短賦等，若不合宋代文賦之條件，而又非騷、駢、律等形式者，概可歸之於古賦一類，徐師曾所謂之「古賦」應不僅爲時代之概念，可作爲後代仿漢、魏等之作品而言。〔註 23〕

東坡之辭賦，若捨騷賦、駢賦、律賦、文賦不論，其可稱之爲古賦者，計有〈昆陽城賦〉、〈後杞菊賦〉、〈洞庭春色賦〉、〈中山松醪賦〉、〈沈香山子賦〉及〈菜羹賦〉等六篇，除律賦（八篇）外，可謂作品最多者。

東坡之六篇古賦，大體言之，有共同之特色，亦有個別之特色，

〔註 22〕見所著《四六叢話》卷 4，「賦」前之序文（臺北世界書局本，頁 61～62）。

〔註 23〕按辭賦之分類，各家說法紛紜，或有以藝術流別分者，或有以題材內容分者，或有以時代先後分者，或有以形式特點分者。蓋縱橫交錯，各有所本。以本論文言之，第三章論情志內涵部份，係以題材爲主；而第四章藝術特色部份，則以形式特點爲主。有關賦之分類，今人曹明綱所著《賦學概論》第三章綜合各家，論之最詳，可參見頁 44～63（上海古籍出版社）。

茲綜合論之。

一、句式整齊，間雜駢句

東坡之六篇古賦，〈昆陽城賦〉作於早年赴京之時；〈後杞菊賦〉作於知密州時；〈洞庭春色賦〉作於知潁州時；〈中山松醪賦〉作於知定州時；〈沈香山子賦〉及〈菜羹賦〉均作於儋州。此六篇賦，貫穿東坡早年至晚年，可見東坡對古賦體式頗爲喜愛。

此類古賦，大抵而言，可謂漢代騷賦之變體，大多以六言句爲主，惟不用「兮」字，多用直陳式，少用設辭問答，（東坡此六首古賦，僅有〈後杞菊賦〉用設辭問答體）。且其中常雜有若干駢句。今人曹明綱氏認爲此類賦之產生可以張衡〈歸田賦〉爲代表，係漢代騷賦與逞辭大賦融合之結果，亦可謂魏、晉以後駢賦之先驅。〔註24〕因此，常有人將東坡之〈昆陽城賦〉、〈洞庭春色賦〉、〈菜羹賦〉等以駢賦視之，其實非也，因其尚未完全達駢賦之條件。

此六篇古賦，除〈昆陽城賦〉散句較多，〈後杞菊賦〉採設辭問答體外，其他四首之句式，基本差異不大，茲舉〈中山松醪賦〉爲例，賦文云：

> 始予宵濟於衡漳，車徒涉而夜號。燧松明而識淺，散星宿於亭皋。鬱風中之香霧，若訴予以不遭。豈千歲之妙質，而死斤斧於鴻毛。效區區之寸明，曾何異於東蒿。爛文章之糾纆，驚節解而流膏。嗟構廈其已遠，尚藥石而可曹。（駢句）收薄用於桑榆，製中山之松醪。救爾灰燼之中，免爾螢爝之勞。
>
> 取通明於盤錯，出肪澤於烹熬。（駢句）與黍麥而皆熟，沸春聲之嘈嘈。味甘餘而小苦，歎幽姿之獨高。知甘酸之易壞，笑涼州之蒲萄。似玉池之生肥，非內府之烝羔。（駢句）
>
> 酌以癭藤之紋樽，薦以石蟹之霜螯。（駢句）曾日飲之幾何，覺天刑之可逃。投拄杖而起行，罷兒童之抑搔。（駢句）望西山之咫尺，欲褰裳以遊遨。跨超峰之奔鹿，接掛壁之飛猱。

〔註24〕曹氏之看法，可詳參《賦學概論》頁102～103，

（駢句）遂從此而入海，渺飜天之雲濤。使夫嵇、阮之倫，與八仙之群豪。或騎麟而翳鳳，爭榼挈而瓢操。（駢句）顛倒白綸巾，淋漓宮錦袍。（駢句）追東坡而不可及，歸餔歠其醨糟。漱松風於齒牙，猶足以賦〈遠遊〉而續《離騷》也。

此賦大多以六言句組成，兩句一韻，通首未換韻，極爲整齊而規律。其中又雜有八組駢句，略有駢賦風味，但不流於板重。賦文最末段敍東坡於飲「中山松醪酒」後，身輕體健，雖酒中八仙及嵇、阮等竹林七賢，猶追之不及也。東坡連用「或騎麟而翳鳳，爭榼挈而瓢操；顛倒白綸巾，淋漓宮錦袍」，兩組駢句寫諸酒仙追逐之狀，極爲傳神。「顛倒白綸巾」一聯，突用一五言句，更將諸酒仙狼狽之狀，充份顯現，極具趣味。

其他各賦如〈洞庭春色賦〉除少數散句外，大體以六言句組成，其中「嫋嫋兮秋風，泛天宇兮清閒」一聯，尚略有騷賦韻味，可見其融化體式之痕跡，此賦駢句亦多，如：

◎舉棗葉之有餘，納芥子其何艱。

◎吹洞庭之白浪，漲北渚之蒼灣。

◎糅以二米之禾，藉以三脊之菅；忽雲烝而冰解，旋珠零而涕潸。

◎翠勺銀罌，紫絡青綸；隨屬車之鴟夷，款木門之銅環；分帝觴之餘瀝，幸公子之破慳。

◎鼓包山之桂楫，扣林屋之瓊關；臥松風之瑟縮，揭春溜之淙潺。追范蠡於渺茫，吊夫差之惸鰥。

◎驚羅襪之塵飛，失舞袖於弓彎。

〈洞庭春色賦〉散句稍多，又雜有騷體句式一組，再雜以若干駢句，整齊中有流宕之美，可見東坡對古賦體式之活用。

又如〈沉香山子賦〉，通首一韻，大抵以六言句式組成，駢句亦多。本賦開首爲引出沉香之特異，採排比之方式泛述諸香，兼具駢儷之美，如：

◎古者以芸爲香，以蘭爲芬。以鬱鬯爲祼，以脂蕭爲焚。以椒爲塗，以蕙爲薰。杜衡帶屈，菖蒲薦文。麝多忌而本羶，蘇合若薌而實葷。

其他駢句如：

◎既金堅而玉潤，亦鶴骨而龍筋。

◎如太華之倚天，象小孤之插雲。往壽子之生朝，以寫我之老懃。子方面壁以終日，豈亦歸田而自耘。

◎無一往之發烈，有無窮之氤氳。

其他各賦駢句之雜於原句式之中，亦大抵若是。〈後杞菊賦〉另有結構之特色;〈菜羹賦〉之駢句多集中於用事之句中，有其特點，當詳述於下，此不再贅引。

二、活用古體，新穎不凡

東坡之六首古賦，僅〈後杞菊賦〉採設辭問答體。設辭問答體（或稱主客問答體），爲漢代逞辭大賦（包括「七」體）習用之體式，設辭問答加上韻散配合之結構，幾乎可包括漢代主要逞辭大賦之形態。此種體式一再流衍，其後六朝駢賦及宋代文賦，多篇作品仍保有此種基本形式。

〈後杞菊賦〉基本採取設辭問答之形式，惟篇幅短小，僅一問一答，句式駢散夾雜，又有六言之古體句式，雖脫胎於漢代「辭賦」，惟風格、句法均大異之，頗爲新穎。本賦前有以散文敘述之長序一篇，敘作賦緣由，不錄。其賦文云：

「吁嗟先生，誰使汝坐堂上稱太守？前賓客之造請，後掾屬之趨走。朝衙達午，夕坐過酉。曾盃酒之不設，攬草木以誑口。對案顰蹙，舉箸噎嘔。昔陰將軍設麥飯與蔥葉，井丹推去而不顧。怪先生之眷眷，豈故山之無有？」

先生听然而笑曰：「人生一世，如屈伸肘。何者爲貧？何者爲富？何者爲美？何者爲陋？或糠覈而瓠肥，或梁肉而墨瘦。何侯方丈，庾郎三九。較豐約於夢寐，卒同歸於一朽。

吾方以杞爲糧，以菊爲糗。春食苗，夏食葉，秋食花實而冬食根，庶幾乎西河、南陽之壽。」

賦文開首之問者以隱藏之角色出現，其實乃東坡之自問也。次段爲東坡之自答。此種起式，宋・李耆卿嘗稱之「風采百倍」〔註25〕即指其雖用舊體式，惟能創新格也。宋人洪邁對東坡此賦之破題起句，亦極爲稱賞，曾有一長文云：

自屈原詞賦假爲漁父、日者問答之後，後人作者悉相規仿：司馬相如〈子虛〉、〈上林賦〉以子虛、烏有先生、亡是公；揚子雲〈長楊賦〉以翰林主人、子墨客卿；班孟堅〈兩都賦〉以西都賓、東都主人；張平子〈兩都賦〉以馮虛公子、安處先生；左太沖〈三都賦〉以西蜀公子、東吳王孫、魏國先生，皆改名換字，蹈襲一律，無復超然新意稍出於法度規矩者。晉人成公綏〈嘯賦〉，無所賓主，必假逸群公子，乃能遣詞。枚乘〈七發〉，本只以楚太子、吳客爲言；而曹子建〈七啓〉，遂有玄微子、鏡機子。張景陽〈七命〉，有沖漠公子、殉華大夫之名。言語非不工也，而此習根著，未之或改。若東坡公作〈後杞菊賦〉，破題直云：「吁嗟先生，誰使汝坐堂上稱太守？」殆如飛龍搏鵬，騫翔扶搖於煙霄九萬里之外，不可搏詰，豈區區巢林翾羽者所能窺探其涯涘哉？〔註26〕

此賦除破題新穎不凡之外，於句式之運用亦具特色，如開首二句爲散句；中間又雜「昔陰將軍設麥飯與蔥葉，井丹推去而不餪」兩散句，使首段賦文整齊中有流麗之美。次段則多用排比句，如「何者爲貧？何者爲富？何者爲美？何者爲陋？」以及「春食苗、夏食葉，秋食花實而冬食根。」等。而此賦駢句亦多，如：

◎前賓客之造請，後掾屬之趨走。

◎朝衙達午，夕坐過酉。

〔註25〕見所著《文章精義》，(《四庫全書》本)。

〔註26〕見《容齋五筆》卷7，〈東坡不隨人後〉條。(長春吉林文史出版社《容齋隨筆》頁711)。

◎對案顰蹙，舉著噎嘔。

◎或糠覈而瓠肥，或粱肉而墨瘦。

◎何侯方丈，庾郎三九。

故綜觀此賦，用漢代大賦之體格，具體而微且形式新變；句式則古賦句式、排比句、散句、駢句間雜而用，可謂混合各體式活而用之，極爲新穎不凡；復加以題材創新，內容深刻，宜乎爲東坡辭賦中之佳作也。

三、用事貼切，盡發文意

東坡諸古賦，已有若干駢賦之形態，故用事亦多，其中以〈洞庭春色〉、〈後杞菊〉、〈菜羹〉三賦較爲特出，茲舉其尤者以觀其用事之妙。

〈洞庭春色賦〉乃詠酒之作，作於東坡知穎州時。洞庭，指太湖之洞庭山，出美柑，秋時大熟，以黃柑所釀之酒，謂之「洞庭春色」。〔註 27〕據賦序云：「安定郡王以黃柑釀酒，名之曰『洞庭春色』，其猶子德麟得之以餉予，戲作賦。」復由本論文第二章之考述，可知此賦乃東坡應趙德麟所請，贈予安定郡王者。故此賦一則與黃柑有關，一則與安定郡王有關，東坡於賦中敘「酒」之前，先用一黃柑之典故引起；又用二佛家典故表示郡王之達觀，再引出釀酒、飲酒之過程。

（一）用黃橘事者〔註 28〕

〔註 27〕以上參見東坡〈洞庭春色〉詩，詩云：「二年洞庭秋，香霧長噀手。今年洞庭春，玉色疑非酒。」王註引次公云：「洞庭秋，言柑也。太湖洞庭山上出美柑，所謂『洞庭柑熟欲分金』也。」（見《蘇軾詩集》卷 34，頁 1836）。

〔註 28〕按釀洞庭春色者爲「黃柑」，而東坡賦文開首用「橘事」，是否不當？據《吳都文粹》卷六云：「眞柑出洞庭東西山。柑雖橘類而其品特高，芳香超勝爲天下第一。浙東、江西及蜀果州皆有柑，香氣標格，悉出洞庭下，土人亦甚珍貴之。...安定郡王以釀酒，名洞庭春色，蘇文忠公爲作賦，極道包山、震澤土風，而極於追鴟夷而酌西子，其珍貴之至矣。」又邵博《邵氏聞見後錄》卷 19 云：「柑、橘二物，《草木書》各爲一條。安定郡王以黃柑釀酒，曰『洞庭春色』。東坡之賦，皆用橘事。豈以橘條下云：『其類有朱柑、乳柑、黃柑、石柑』乎？夫柑無故事，名『洞庭春色』，亦橘也。」（以上均據《蘇文彙評》

◎吾聞橘中之樂，不減商山。豈霜餘之不食，而四老人者遊戲其間？

按宋・郎曄注前四句云：「牛僧孺《幽怪錄》，巴印人橘園，霜後，兩橘大如三斗盎，剖開，有二老叟相對象戲，談笑自若。一叟曰：『君輸我海龍王髮髮十兩、瀛洲玉塵九斛、龍縞襪八緉。』一叟曰：『橘中之樂，不減商山，不得深根固蔕，爲愚人摘下耳！』一叟取龍根脯削食之。俄而四叟共乘一龍，足下雲起而去。」〔註 29〕

東坡用橘事起興，既合黃柑之意，用神仙事更有此酒非凡品之意。最主要係借橘中四老之遊戲人間，喻示世事之虛幻，因而引出『悟此世之泡幻，藏千里於一斑』兩句，借四老隱身橘中（一斑），隱示人類極渺小，宜達觀曠達之意。宋・胡仔曾云：

> 東坡〈洞庭春色賦〉云：「吾聞橘中之樂，不減商山，豈霜餘之不食，而四老人者游戲於其間。」謝無逸〈詠橘詩〉云：「巴邛清霜後，獨餘兩大橘。一朝剖而食，四老欣然出。乃知避世士，退藏務深密。」皆善用事，無疵病可指擿也。〔註 30〕

由胡仔之言，可見東坡用事之貼切。此事用於賦文之開首，起筆即襯出手法之不凡，出人意表，亦引人入勝。

（二）用佛家典故者

◎舉棗葉之有餘，納芥子其何艱。

此一聯緊接於前述「藏千里於一斑」之後，喻世界之渺小，人心之廣大無窮。「棗葉」，據郎曄注云：「釋氏云，菩薩取三千大千世界置右掌中，如持針鋒舉一棗葉。」又注「納芥子」一句云：「傳燈錄云，江州刺史李渤問廬山歸宗曰：『教中言須彌納芥子，渤即不疑。芥子納須彌，莫是妄譚否？』師曰：『人傳使君讀萬卷書籍，還是否？』李曰：『然』。師曰：『摩頂至踵如椰子大，萬卷書向何處著？』李俛

頁 29）

〔註 29〕見《校正經進東坡文集事略》卷 2，頁 19。

〔註 30〕見《苕溪漁隱叢話・後集》卷 33，頁 663（臺北世界書局本）。

首而已。」〔註 31〕

自以上觀之，「舉棗葉」兩句，合二事而言，謂手掌置三千大千世界如舉一片棗葉，則納須彌於芥子亦不難也。至此東坡以數典引出「宜賢王之達觀，寄逸想於人寰」兩句，喻示安定郡王之達觀以及超逸不凡之心思，以下再接言製洞庭春色酒之種種。故此賦借橘事起興，再借兩佛典引出賢王，超妙絕倫，他人少有。

（三）連用故事，以抒心境

東坡另一用事精妙之古賦爲〈菜羹賦〉，此賦於敘述食用菜羹之後，連用六個故事，表示食用菜羹之功效，勝過任何葷食，賦文云：

> 登盤盂而薦之，具七箸而晨飧。助生肥於玉池，與吾鼎其齊珍。鄙易牙之效技，超傅說而策勳。沮彭尸之爽惑，調竈鬼之嫌嗔。嗟丘嫂其自隘，陋樂羊而匪人。

前四句謂，菜羹煮好，裝碗上桌而食，除使口水生津之外，其美味不下鼎中美食。以下隨連用六個與飲食有關之典故，除表示食菜羹之好處及功效外，實在暗喻心境，茲述之如下：

◎鄙易牙之效技：

易牙爲齊桓公庖人，嘗烹其子以邀寵桓公，桓公無易牙則食不甘。東坡此用庖廚烹調事，切合飲食，惟用一「鄙」字，表面係不齒易牙之行爲，實乃諷朝中以佞幸得寵之小人。

◎超傅說而策勳：

按《史記・殷本紀》云：「武丁夜夢得聖人，名曰說。以夢所見視群臣百吏，皆非也。於是迺使百工營求之野。得說於傅險中。是時說爲胥靡，築於傅險。見於武丁，武丁曰：『是也。』得而與之語，果聖人，舉以爲相。殷國大治。故遂以傅險姓之，號曰傅說。」〔註 32〕又《尚書・說命》云：「高宗夢得說，使百工營求諸野，作〈說命〉三篇。」又云：「爾惟訓於朕志；若作酒醴，爾惟麴糵；若作和羹，爾

〔註 31〕見同注 29。

〔註 32〕見《史記會注考證》卷 3，頁 54。

惟鹽梅。」〔註 33〕

按此句雖未直接用飲食事，然暗用武丁謂傅說當若和羹一般輔佐國君，用典極轉折而精妙。東坡作此賦時正貶儋州，已不在君王之側輔政，此時謂食菜羹之功效，甚至超越傅說佐武丁之功，實有暗諷時宰惟知玩弄私權，而未善輔君王之意。

◎沮彭尸之爽惑：

郎曄注此句云：「三彭、三尸，姓也。《物類相感志》云：『僧契虛遊稚川山，頂有宮闕，在雲物之外，殿上有具簪冕者曰稚川眞君也。眞君問曰：爾絕三彭之仇乎？謂彭質、彭蹻、彭居是也。契虛不能對。眞君曰：不可留此。』」郎曄又引柳宗元〈罵尸蟲〉云：「有道士言人皆有尸蟲三處腹中，伺人失誤，輒籍記，日庚申，幸其人之皆睡，出讒於帝，是以人多謫過疾疫夭死。」

按「三彭」、「三尸」爲寄生人身之邪神，伺機於人體內作祟，撥弄是非。東坡用此事意謂食菜羹後，心神清明，可阻止彭尸出現爲害。用此事暗喻朝中小人心中妖邪，常顚倒黑白，醞釀百端以害人。又東坡貶黃州時曾作〈戲作種松〉詩，謂食松脂後可「槁死三彭仇，澡換五穀腸。」謂清心寡欲，可絕心中之邪念，亦用此事。

◎調竈鬼之嫌嗔：

郎曄注引《抱朴子》曰：「竈神每月晦日，上天言人罪狀，大者奪紀，小者奪算。紀，三百日。算，一百日。」〔註 34〕竈鬼，即竈神，常伺機言人罪狀。東坡用此事謂食菜羹可調息竈神怒氣，使其不向上帝告狀。實用此事暗諷誣陷其人罪之小人也。

◎嗟丘嫂其自隘：

此用劉邦之大嫂不予劉邦食羹之事。按《史記・楚元王世家》云：「高

〔註 33〕見《尚書注疏》卷十，〈說命〉上及下，頁 139、142。（臺北藝文印書館）。

〔註 34〕以上「彭尸」及「竈鬼」之出處見《校正經進東坡文集事略》卷 2，頁 25。

祖兄弟四人，長兄伯，伯蚤卒。始高祖微時，時時與賓客過巨嫂食，嫂厭叔，叔與客來，嫂詳爲羹盡，櫟釜。賓客以故去。已而視釜中尚有羹，高祖由是怨其嫂。及高祖爲帝，封昆弟，而伯子獨不得封。太上皇以爲言。高祖曰：『某非忘封之也，爲其母不長者耳。』是乃封其子信爲羹頡侯。」〔註35〕

「丘嫂」即《史記》所云之「巨嫂」，指大嫂。東坡用大嫂不與劉邦食羹之事，暗喻朝中心胸狹窄之政客，並反襯一已食菜羹後，心胸寬廣，毫不狹隘。

◎陋樂羊之匪人：

據郎注引《戰國策》云：「樂羊爲魏將，而攻中山，其子在中山，中山之君烹其子而遺之羹。樂羊坐於幕下而啜之，盡一盃。文侯謂覩師贊曰：『樂羊以我之故，食其子之肉』。贊對曰：『其子之肉尚食之，其誰不食？』樂羊既罷中山，文侯賞其功而疑其心。」〔註36〕

東坡此用樂羊食羹事，亦具巧思，除自喻食菜羹之清心寡欲，不求功名之外。實有暗諷朝中諸奸爲圖權位而喪盡人性之意。

又如〈後杞菊賦〉，除句式活潑、結構穎異之外，用事亦繁多且具特色，如首段用陰將軍與井丹之故事，反襯自已並非重功利者，用事雖僻，但極貼切。又如東坡爲表達人生「貧富」、「美陋」之無異；以及人生猶如夢寐，即使計較食物之「豐」或「約」，最後仍「卒歸於一朽」等之觀念，運用二組與飲食有關但意思相反之故事以爲比較，極爲傳神，極爲貼切。如：

◎或糠覈而瓠肥，或梁肉而墨瘦。

前句用漢陳平事，按《史記・陳丞相世家》云：「平爲人長美色，人或謂陳平曰：貧何食而肥若是？其嫂嫉平之不視家產，曰：亦食糠覈耳！」〔註37〕次句用魏曹植事，據郎曄注云：「魏明帝手詔曹植曰：王顏色瘦

〔註35〕見《史記會注考證》卷50，頁764。

〔註36〕見同註34。

〔註37〕見《史記會注考證》卷56，頁792。

弱，何意耶？今者食幾許米？又啖肉多少？見王瘦，吾甚驚。」

又如：

◎何侯方丈，庾郎三九。

前句用晉·何曾事，據郎注：「何曾日奢豪，廚膳滋味，過於王者；日食萬錢，猶曰無下箸處。」次句用南齊·庾杲之事。據郎注：「庾杲之，清貧，食惟韭葅、瀹韭、生韭雜菜。任昉戲之曰：誰言庾郎貧？食鮭嘗有二十七種韭，言三九也。」（按「韭」與「九」諧音）」〔註38〕

以上兩組典故，東坡以對句出之，意思則相反，借此言出齊物及人生如夢寐之觀念以開闊心胸，爲一已之食杞菊開脫，用典之工，令人歎爲觀止。

四、結尾用散，餘韻悠然

東坡之六首古賦中，有四首結尾用散，使全賦餘韻不絕，於整齊中有流麗之美，如：

◎〈後杞菊賦〉：「庶幾乎西河、南陽之壽。」

◎〈洞庭春色賦〉：「覺而賦之，以授公子曰：『嗚呼噫嘻，吾言誇矣！公子其爲我刪之。』」

◎〈中山松醪賦〉：「追東坡而不可及，歸餔歠其醨糟。漱松風於齒牙，猶足以賦〈遠遊〉而續《離騷》也。」

◎〈沉香山子賦〉：「蓋非獨以飲東坡之壽，亦所以食黎人之芹也。」

第三節　駢賦之特色——儷對精美，用事繁多

駢賦自漢末三國時期，逐漸成形，曹植〈洛神賦〉一般認爲係最早一篇較完整之駢賦。〔註39〕〈洛神賦〉前有散文之序文，賦文開首亦以主客問答方式出之，多用散文句式，至描寫洛神之體態及容貌時，則

〔註38〕以上曹植、何曾、庾杲之事見同註34。

〔註39〕參見日本·鈴木虎雄《賦史大要》頁92。

全用駢儷句，亦有夾「兮」字之騷體句，此賦實爲漢大賦、騷賦、駢賦之綜合體。惟因駢句甚多，且對偶工整，廣義而言，已可視爲駢賦。

駢賦經逐步演進，至西晉潘岳、陸機，已幾乎全部駢化。南朝又因駢文盛行以及聲律說之興起，賦之駢化日益成熟。至徐陵、庾信時，駢賦之特點如句式駢偶、用典眾多、音韻和協、辭藻精麗等已至顛峰狀態，名篇亦層出不窮。駢賦雖爲時代之產物，惟自六朝以後，已成辭賦體裁之一種，作者代有其人。東坡之辭賦作品，有二篇可稱之爲駢賦者，即〈酒隱賦〉及〈老饕賦〉。

〈酒隱賦〉前有序文一篇，敘作賦之緣由，已於第二章引述，不錄。本賦除散句外，其駢句部份多爲四、六言，其中四言尤多，且均爲單對，無隔句對之情況。音韻和諧，用典極多，惟文詞並不繁縟，故雖爲駢賦，並無六朝雕鏤之習，且內容寄託深遠，不僅以形式勝而已。茲錄賦文如下：

（一）世事悠悠，浮雲聚漚。
┌昔日滄壑，
└今爲崇丘。
眇萬事於一瞬，孰能兼忘而獨遊？

（二）爰有達人，泛觀天地。不擇山林，而能避世。引壺觴以自娛，期隱身於一醉。

（三）且曰
┌封侯萬里，
└賜璧一雙。
┌從使秦帝，
└橫令楚王。
┌飛鳥已盡，
└彎弓不藏。
至於
┌血刃膏鼎，
└家夷族亡。
與夫

洗耳潁尾，
食薇首陽。
抱信秋溺，
殉名立殭。
臧、穀之異，尚同歸於亡羊。

（四）於是笑躡槽丘，揖精立粕。
酣羲皇之眞味，
反太初之至樂，
烹混沌以調羹，
竭滄溟而反爵。
邀同歸而無徒，
每躊躇而自酌。

（五）若乃
池邊倒載，
甕下高眠，
背後持鍤，
杖頭掛錢。
遇故人而腐脇，
逢麴車而流涎。
暫託物以排意，豈胸中而洞然？使其推虛破夢，則擾擾萬緒起矣，烏足以名世而稱賢者耶？

本賦結構清晰，凡五換韻，除最末三句爲散文句式外，均爲偶句用韻，頗爲規律，已是駢賦成熟之型態。五次換韻恰爲其內容之分界。三、四、五段用「且曰」、「於是」、「若乃」等字領起（第三段內之偶句前，又有「至於」、「與夫」等領字）。層次井然，除使人易於理解之外，亦頗有流宕之美。

駢賦之所以稱爲駢賦，其句式之對偶爲最基本之形式，本賦第一、二兩段，除「昔日濬壑，今爲崇丘」爲偶句外，其他均未相對，惟除「孰能兼忘而獨遊」一句外，均爲四、六言句式組成，兩句一韻，整齊規律，已有駢偶之風味。以下各段駢句以四言對句較多，六言對句約爲其半，均爲單句對，無隔句對，亦無長對。故讀之流麗暢快，尚保有古賦之拙樸風味。因宋代律詩、屬對均已成熟，故東坡此賦內之偶句，無論詞性、平仄或用事之相對，均極貼切，茲舉數例，如：

◎封侯萬里，賜璧一雙。（平平仄仄，仄仄仄平）

封侯、賜璧，暗用漢代張騫、班超封侯受賞事，其中詞性、數字等，對偶工整。

◎飛鳥已盡，彎弓不藏。（平仄仄仄，平平仄平）

反用「飛鳥盡、良弓藏」之意，儷對、聲律均工整。

◎血刃膏鼎，家夷族亡。（仄仄平仄，平平仄平）

以刃染血、以鼎烹人（膏，肉身也）；家人夷殺，族人滅亡。此二句本句自對，二句之詞性亦相對，極爲流麗。

◎洗耳潁尾，食薇首陽。（仄仄仄仄，仄平仄平）

以許由事對伯夷事；潁尾、首陽，地名相對，頗爲工切。

◎烹混沌以調羹，竭滄溟而反爵。（平平平仄平平，仄平平仄仄仄）

以夸飾之技巧爲對，以混沌（天地未分之元氣）調和羹湯；竭盡滄海之水而入杯飲之。此聯狀酒隱君酣適自得之狀，極爲豪壯。

◎池邊倒載，甕下高眠。（平平仄仄，仄仄平平）

◎背後持鍤，杖頭掛錢。（仄仄平仄，仄平仄平）

此二聯均用飲酒事，人物分別爲山簡、阮籍、劉伶、阮修，且均爲魏晉時人。兩聯對仗極工，音韻協暢，四句並列亦兼有排比風味，令人目不暇接。

其他偶句亦大多工整和協，不煩備舉。

又駢賦發展至極盛之時，用典使事，辭藻縟麗已成必備之特點。東坡此賦以文辭而言，並不繁麗，尚饒有古賦之風味，惟用事極多，完全能表現駢賦之特色，茲述其用事之特色如下。

按此賦盛讚「酒隱君」之通達，雖投跡仕途，惟不慕功名；更不高隱以求虛名；因爲此兩種人皆非眞正之通達者，故本賦於第三段連用數事，以表此意：

◎封侯萬里，賜璧一雙。

暗用漢張騫、班超拓疆封侯等事，亦含歷代追逐功名之人。此二句雖未明言用何事，惟含意寬廣無限。

◎從使秦帝，橫令楚王。

前句用蘇秦合縱抗秦事；次句用張儀連橫破六國事。蘇秦、張儀皆追逐功名之代表人物。

◎飛鳥已盡，彎弓不藏。

喻功臣之不知急流勇退。按《史記‧越王句踐世家》云：「范蠡遂去，自齊遺大夫種書曰：『蜚鳥盡，良弓藏；狡兔死，走狗烹。』越王爲人長頸鳥喙，可與共患難，不可與共樂。」又《史記‧淮陰侯列傳》云：「蒯通……說韓信曰：『野獸已盡而獵狗亨。』……上令武士縛信載後車，信曰：『果若人言，狡兔死，良狗亨；高鳥盡，良弓藏；敵國破，謀臣亡。』」按鳥盡弓藏，兔死狗烹，諸子之書多曾言之，蓋當時俗語，東坡此反其意而用之。〔註 40〕

◎洗耳潁尾，食薇首陽。

喻遁世高隱以求名之人。按《高士傳》：「堯讓天下於許由……不受而逃去。……堯又召爲九州長，由不欲聞之，洗耳於潁水濱。」故「洗耳」句乃謂許由也；「食薇」句用《史記‧伯夷列傳》，伯夷、叔齊義不食周粟，隱於首陽山食薇之事。〔註 41〕

◎抱信秋溺，殉名立殭。

此謂寧殉死以求名之人。按《莊子‧盜跖》云：「世之所謂賢士，伯夷叔齊。伯夷、叔齊辭孤竹之君而餓死於首陽之山，骨肉不葬。鮑焦飾

〔註 40〕《史記》〈越王句踐世家〉及〈淮陰侯列傳〉分見《史記會注考證》卷 41，頁 654；卷 92，頁 1045。

〔註 41〕《高士傳》據孫民《東坡賦譯注》頁 24 引。伯夷、叔齊事參見《史記‧伯夷列傳》，《史記會注考證》卷 61，頁 824。

行非世，抱木而死。申徒狄諫而不聽，負石自投於河，爲魚鼈所食。介子推至忠也，自割其股以食文公，文公後背之，子推怒而去，抱木而燔死。尾生與女子期於梁下，女子不來，水至不去，抱梁柱而死。此六子者，無異於磔犬流豕操瓢而乞者，皆離名輕死，不念本養壽命也。」〔註42〕

「抱信」，句即用〈盜跖〉篇所云「尾生抱柱」一段事。而〈盜跖〉篇所云「離名輕死」之六人，皆可謂「殉名立殭」也。東坡此聯頗采《莊子》之意，並參用賈誼〈鵩鳥賦〉：「貪夫殉財兮，烈士殉名」之意。

以上第三段所用各事，或謂追求功名不知急流勇退者；或謂隱居以求高名者；或謂以忠信而殉死者，此皆非酒隱君所認同者也，故東坡再用一《莊子》之故事總結之，其云：

◎臧、穀之異，尚同歸於亡羊。

按《莊子・駢拇》云：「臧與穀，二人相與牧羊而俱亡其羊。問臧奚事，則挾筴讀書；問穀奚事，則博塞以遊。二人者，事業不同，其於亡羊均也。」〔註43〕

東坡此用臧、穀亡羊之事，表示無論追求功名之顯貴者，或高遁隱居之求名者，雖所爲不同，惟均非泛觀天地之「達人」也，用事精闢切當。

賦文末段切合「酒隱」之題旨，又連用六個飲酒之故事，並謂其皆爲「暫托物以排意，豈胸中而洞然？」並非眞正通達之人。其所用事爲：

◎池邊倒載：

用晉・山簡事，山簡嗜酒，常酒醉高陽池上，傾酒盡醉而歸。時有童兒歌曰：「日夕倒載歸，酩酊無所知」云云。此句謂山簡大醉放浪之態。

◎甕下高眠：

〔註42〕《莊子・盜跖》見《莊子集釋》《雜篇》卷29，頁998。
〔註43〕《莊子・駢拇》見《莊子集釋》《外篇》卷8，頁323。

用晉・阮籍事，籍鄰家少婦有美色，當爐沽酒；籍嘗詣飲，醉便臥其側。此句謂阮籍醉酒放曠不拘之行。

◎背後持鍤：

用晉・劉伶事，劉伶常乘鹿車，攜一壼酒，使人荷鍤隨之，曰：「死便埋我！」此句謂劉伶惟重視飲酒之快樂，而不顧生死。

◎杖頭掛錢：

用晉・阮修事。阮修常步行，以百錢掛杖頭，至酒店，便酣暢。此句謂阮修之簡任好酒，不修人事。〔註 44〕

◎遇故人而腐脇：

用李白飲酒以致遭腐脇病卒事。按唐・皮日休〈七愛詩〉云：「吾愛李太白，身是酒星魄。口吐天上文，跡作人間客。……竟遭腐脇疾，醉魄歸八極。」〔註 45〕

◎逢麴車而流涎：

按杜甫〈飲中八仙歌〉云：「汝陽三斗始朝天，道逢麴車口流涎，恨不移封向酒泉。」用汝陽郡王李璡好飲酒之事。〔註 46〕

東坡連用飲酒事，認爲諸人皆爲借酒排遣心情，並非眞通達者，以此反襯酒隱君飲酒之不同凡俗，乃眞正之曠達者。

東坡另一首駢賦爲〈老饕賦〉，此賦前章已云係東坡於儋州飲食極匱乏時，以幻境寫美食、歌舞之作。因幻境之中美食羅列，美女如雲，故東坡以駢賦出之，使其辭藻豐縟華麗，兼對仗工整，音韻協暢，允稱名篇。此賦於末數句方言出前云之豐食、美女皆幻境也，爲文之妙，出人意表。賦文云：

（一）┌ 庖丁鼓刀，
　　　└ 易牙烹熬。

〔註 44〕以上山簡、阮籍、劉伶、阮修等事，均見《晉書》本傳，此據孫民《東坡賦譯注》引錄。

〔註 45〕見《皮子文藪》卷 10〈七愛詩〉之「李翰林」一段。(《四庫全書》本)。

〔註 46〕〈飲中八仙歌〉見《杜詩詳注》卷 2，頁 81。

水欲新而釜欲潔，
火惡陳而薪惡勞。
九蒸暴而日燥，
百上下而湯麾。
嘗項上之一臠，
嚼霜前之兩螯。
爛櫻珠之煎蜜，
滃杏酪之蒸羔。
蛤半熟而含酒，
蟹微生而帶糟。
蓋聚物之夭美，
以養吾之老饕。

（二）婉彼姬姜，
顏如李桃。
彈湘妃之玉瑟，
鼓帝子之雲璈。
命仙人之萼綠華，
舞古曲之鬱輪袍。
引南海之玻瓈，
酌涼州之蒲萄。
願先生之耆壽，
分餘瀝於兩髦。
候紅潮於玉頰，
驚煖響於檀槽。
忽纍珠之妙唱，
抽獨繭之長繰。
閔手倦而少休，
疑吻燥而當膏。
倒一缸之雪乳，
列百柂之瓊艘。

┌ 各眼灩於秋水，
└ 咸骨醉於春醪。

（三）美人告去，已而雲散，先生方兀然而禪逃。

┌ 響松風於蟹眼，
└ 浮雪花於兔毫。

先生一笑而起，渺海闊而天高。

本賦除兩組四言及七言句外，大多爲六言。句式整齊。且對偶工整，音韻協和。於鋪述各種美食及美女歌舞之狀，用字繁麗，頗合駢賦風格。而將駢賦用之於飲食，亦屬少見，於題材有開拓之功。本賦通首一韻，讀之清曠流麗。清李調元曾盛稱之，其云：

> 古人作賦，未有一韻到底，創之自坡公始。〈老饕賦〉篇幅不長，偶然弄筆成趣耳。元人於〈石鼓〉等作，動輒學步，剌剌數言不休，直如跛鼈之追騏驥矣。〔註47〕

由上觀之，東坡駢賦之作雖不多，惟其能將駢賦之特色發揮無遺，允見其學養之深厚也。

第四節　律賦之特色——偭唐規矩，另開門路

律賦基本上爲駢賦之延伸，如明・徐師曾云：

> 三國、兩晉以及六朝，再變而爲俳，唐人又再變而爲律……至於律賦，其變愈下，始於沈約「四聲八病」之拘，中於徐、庾「隔句作對」之陋，終於隋、唐、宋「取士限韻」之制，但以音律諧協，對偶精切爲工。〔註48〕

故可知自唐代開始，因科舉考試之需要，在考詩賦之時，律賦即作爲考試工具之一。律賦所要求之對偶精切、音律諧暢，基本上不異於駢賦，其與駢賦最大之不同，乃在於「限韻」，此亦爲其與他類型之賦作最基本之區別。律賦限韻之規定，主要係基於科考之需要。限韻唐代較寬泛自由，至宋代則漸趨於嚴格，大抵均以八字韻爲限。清・孫梅曾云：

〔註47〕見《雨村賦話校證》卷5，頁77。
〔註48〕見《文體明辨序說》頁51。（臺北大安出版社《文體序說三種》本）

> 自唐迄宋，以賦造士，創爲律賦，用便程式。新巧以制題，險難以立韻。課以四聲之切，幅以八韻之凡。〔註 49〕

宋代建國以後，初時律賦尚循唐格，其後因宋代文學環境之特質逐漸形成，律賦亦逐步走向尚理及議論之特色。清・李調元論宋代律賦之發展及特色云：

> 宋人律賦篇什最富者，王元之、田表聖，及文、范、歐陽三公。他如宋景文、陳述古、孔常父、毅父、蘇子容之流，集中不過一、二首，蘇文忠公較多於諸公，山谷、太虛，僅有存者。靖康、建炎之際，則李忠定一人而已。……大略國初諸子，矩矱猶存。天聖、明道以來，專尚理趣，文采不贍。衷諸「麗則」之旨，固當俯讓唐賢；而氣盛於辭，汪洋恣肆，亦能上掩前哲。〔註 50〕

李調元又云：

> 宋初人之律賦最夥者，田、王、文、范、歐陽五公。……永叔以降，皆橫鶩別趨而偭唐人之規矩者矣。〔註 51〕

由李調元之言觀之，可知宋代律賦自歐公以下，逐漸開始有宋代之特色，大抵而言，崇尚說理、好發議論，文采亦較平易而不事雕琢，且有散行之氣勢。

東坡早年參加科舉考試之律賦，今無一存者，難以見其風貌。以現存律賦觀之，共有八首，爲其各體辭賦中數量最多者。其中〈快哉此風賦〉爲東坡知徐州時，與幕僚飲宴間聯賦之作品，雖對偶精切，用事繁多，頗稱藻麗，惟屬應酬之作。又〈延和殿奏新樂賦〉，係哲宗元祐三年范鎮獻新樂時，奉敕所作，可稱「潤色鴻業」之作品。其他如〈復改科賦〉、〈明君可與爲忠言賦〉、〈通其變使民不倦賦〉、〈三法求民情賦〉、〈六事廉爲本賦〉五篇，均係東坡元祐間在京時所作，極可見其治道思想，此五賦將宋代律賦之特色表現無

〔註 49〕見《四六叢話》卷 4，頁 61。
〔註 50〕見《雨村賦話校證》卷 5，頁 78。
〔註 51〕見同註上，卷 5，頁 73。

遺，可謂東坡律賦之代表作。

此外，東坡於儋州時作有〈濁醪有妙理賦〉一篇，以律賦爲體製，卻以「飲酒」爲題材，極爲奇特，在律賦中頗爲少見，不僅爲律賦中特出之作品，於東坡辭賦中亦堪稱別具風格。

東坡主要之律賦，除律賦基本之技巧如破題精警、用韻綿密，對偶貼切之外，其特色可歸納爲三項，茲分述如下。

一、以律賦爲史論，偶句有單行之勢

按清・李調元云：

> 宋蘇軾〈明君可與爲忠言賦〉云：「非開懷用善，若轉丸之易從；則投人以言，有按劍之莫測。」又「有漢宣之賢，充國得盡破羌之計；有魏明之察，許允獲申選吏之公。」橫說豎說，透快絕倫，作一篇史論讀。所謂偶語而有單行之勢者，律賦之創調也。〔註52〕

〈明君可與爲忠言賦〉，當作於哲宗元祐年間東坡爲侍讀時，頗見其忠懇之情。本賦之題韻爲「明則知遠，能受忠告」，聲調依序爲「平仄平仄，平仄平仄」，此賦並非試賦，題韻當爲東坡自定，其用八字韻，又平仄相間，全部賦文均依序押韻，絲毫不亂，已是宋代試賦之標準體式。東坡於元祐期間，所作律賦特多，應與當時盡廢新法，恢復詩賦科有關，東坡或有模範當代之意。茲將〈明君可與爲忠言賦〉全文列出，庶可觀其結構、用韻及其「創調」之所在。賦文云：

┌臣不難諫，
└君先自明。——（題韻）

┌智既審乎情僞，
└言可竭其忠誠。

┌虛己以求，覽群心於止水；
└昌言而告，恃至信於平衡。

〔註52〕見《雨村賦話校證》卷5，頁78。

君子
道大而不回，
言出而爲則。——（題韻）
事父能孝，故可以事君；
謀身必忠，而況於謀國？
然而
言之雖易，聽之實難；
論者雖切，聞者多惑。
苟
非開懷用善，若轉丸之易從。
則投人以言，有按劍之莫測。
國有大議，
人方異詞。
佞者莫能自直，
昧者有所不知。——（題韻）
雖有智者，孰令聽之？
皎如日月之照臨，罔有道形之蔽；
雖復藥石之瞑眩，曾何苦口之疑。
蓋
疑言不聽，故確論必行；
大功可成，故眾患日遠。——（題韻）
上之人聞危言而不忌，
下之士推赤心而無損。
豈微忠之能致，
有至明而爲本。
是以
伊尹醜有夏而歸亳，大賢固擇所從；
百里愚於虞而智秦，一身非故相反。
噫！
言悅於目前者，不見跬步之外；
論難於耳順者，有以百年而興。

苟其

┌聰明蔽於嗜好，智慮溺於愛憎；
└因其所喜而爲善，雖有願忠而孰能？——（題韻）

┌心苟無邪，既坐瞻於百里；
└人思其效，或將錫之十朋。

彼非

┌謂之賢而欲違，
└知其忠而莫受。——（題韻）

┌目有眯則視白爲黑，
└心有蔽則以薄爲厚。

遂使

┌諛臣乘隙以彙進，
└智士知微而出走。

┌仲尼不諫，懼將困於婦言，
└叔孫詭辭，畏不免於虎口。

故明主

┌審遜志之非道，
└知拂心之謂忠。——（題韻）

┌不求耳目之便，
└每要社稷之功。

┌有漢宣之賢，充國得盡破羌之計；
└有魏明之察，許允獲伸選吏之公。

大哉事君之難，非忠何報？雖曰伸於知已，而無自辱於善道。《詩》不云乎，哲人順德之行，可以受話言之告。——（題韻）

本賦闡明大臣固應忠心直諫，惟必須在「君明」之環境之下，方可爲之。全賦議論磅礴，可謂以押韻、對偶之賦體方式所作之策論，其中以正反兩面說明君主「明」與「不明」之情況，並適時引例說明，極爲醒目暢快，即李調元所謂之「横說豎說，透快絕倫」也。故此賦表現之技巧有二：

（一）偶語單行，氣勢流宕

律賦極重破題，往往開首一聯即點醒眉目，唐、宋士人因科考律賦破題甚佳而奪魁者，所在多有。〔註 53〕東坡此賦破題一聯云：「臣不難諫，君先自明。」石破天驚，道出主旨，破題甚佳，雖爲偶句，惟語如貫珠，一氣直下，極爲流暢。此外，如：

然而言之雖易，聽之實難；論者雖切，聞者多惑。

苟非開懷用善，若轉丸之易從；則投人以言，有按劍之莫測。

論忠諫之難，及諫臣之危險性，前四句以虛字領起，兩兩相對，惟不板重。「苟非」以下四句，以流水對一貫而下，議論深刻。其中「若轉丸之易從」及「有按劍之莫測」，對語極工，譬喻極切，引人入勝。又如：

蓋疑言不聽，故確論必行；大功可成，故眾患日遠。

上之人聞危言而不忌，下之士推赤心而無損。

豈微忠之能致？有至明而爲本。

言國君明則忠臣易諫。雖以偶句出之，惟讀之平易如散文，筆勢流宕。

（二）適時用事，助長賦意

本賦用史事之處有三，當欲闡明國君之「明」、「暗」關係於諫臣之成就時，隨即用「伊尹醜有夏而歸亳，大賢固擇所從；百里愚於虞而智秦，一身非故相反」之事以證明之；說明伊尹、百里奚因事奉國君之不同，遂得以盡其長才，闡明國君之能諫與否，關係在「君」，而不在「臣」。

又當欲闡明國君昏暗不明，無可進諫之時，則用「仲尼不諫，懼將困於婦言；叔孫詭辭，畏不免於虎口。」之事以印證之；以孔子及叔孫通見君王不明，乃畏懼而去之故事，說明「闇主」之不可諫。

〔註 53〕如清・李調元《賦話》載：「宋鄭獬〈圜丘象天賦〉起句云：『禮大必簡，丘圜自然。』語極渾括而肅穆。滕甫破題亦云：『大禮必簡，圜丘自然。』以第一人自命，見鄭句爲之心折。及唱名，鄭果第一，滕次之。(據《雨村賦話校證》卷 5，頁 80)。又《賦話》卷 10 引《偶雋》亦有類似之記載。(參見《雨村賦話校證》卷 10，頁 203)。

又當欲闡明「審遜志之非道，知拂心之謂忠」之明主，則用「有漢宣之賢，充國得盡破羌之計；有魏明之察，許允獲伸選吏之公。」之事以印證之。以漢宣帝及魏明帝之「明智納諫」，方能使忠臣能發揮長才之故事，說明「明主」之可貴。

此賦中共評論君、臣各六人，正猶如史論然。能充分將題韻「明則知遠，能受忠告」之主意充分闡釋。李調元謂此賦爲律賦之創調，允見東坡此賦形式之佳妙，至於其內涵之深刻，則更無論矣。

二、以策論入律賦，寓議論於排偶之中

東坡另有三首律賦，均與治道有關，即〈通其變使民不倦賦〉、〈三法求民情賦〉及〈六事廉爲本賦〉。三賦據前考證，蓋皆作於元祐在京任侍讀期間，與前段所論之〈明君可與爲忠言賦〉相同，因均係表達治道之理念，故皆以議論勝而不以字句勝，有其特色。清．李調元曾云：

> 宋蘇軾〈通其變使民不倦賦〉、……〈三法求民情賦〉、……〈六事爲本賦〉……以策論手段施之帖括，縱橫排奡，仍以議論勝人。然才氣豪上，而率易處亦多，鮮有通篇完善者。……寓議論於排偶之中，亦是坡公一派。〔註54〕

以上三賦，篇幅均長，茲引其中較合乎此項特色之處以觀，如〈通其變使民不倦賦〉有云：

> 物不可久，勢將自窮。欲民生而無倦，在世變以能通。器當極弊之時，因而改作；眾得日新之用，樂以移風。昔者世朴未分，民愚多屈，有大人卓爾以運智，使天下群然而勝物。凡可養生之具，莫不便安；然亦有時而窮，使之弗鬱。...及夫古帝既遙，後王繼踵。雖或不繇於聖作，而皆有適於民用。以瓦屋則無茅茨之敝漏，以騎戰則無車徒之錯綜。更皮弁以圜法，周世所宜；易古篆以隸書，秦民咸共。乃知制器者皆出於先聖，泥古者蓋生於俗儒。昔之然今或

〔註54〕見《雨村賦話校證》卷5，頁77～78。

以否，昔之有今或以無。將何以鼓舞民志，周流化區？王莽之復井田，世滋以惑；房琯之用車戰，眾病其拘。是知作法何常，視民所便。苟新令之可復，雖舊章而必擅。神而化之，使民宜之，夫何懈倦！

又如〈三法求民情賦〉有云：

民之枉直難其辯，王有刑罰從其公。用三法而下究，求輿情而上通。司刺所專，精測淺深之量；人心易曉，斷依獄訟之中。...然則圜土之內，聽有獄正之良。棘木之下，議有九卿之詳。五辭以原其誠僞，五聲以觀其否臧。尚由哀矜而不喜，悼痛以如傷。三寬然後制邦辟，三舍然後施刑章。蓋念罰一非辜，則民情鬱而多怨；法一濫舉，則治道汩而不綱。故折獄致刑，本豐亨而槃世；赦過宥罪，取解象以爲王。得非君示天下公，法與天下共？當赦則赦，姦不吾惠；可殺則殺，惡非汝縱。...噫，刑德濟而陰陽合，生殺當而天地參。後世不此務，百姓無以堪。有苗之暴，以虐民者五；叔世之亂，以酷民者三。因嗟秦氏之峻刑，喪邦甚速；儻踵周家之故事，永世何慚。大哉！唐之興三覆其刑，漢之起三章而法。皆除三代之酷暴，率定一時之檢押。然其猶夷族之令而斷趾之刑，故不及前王之浹洽。

又如〈六事廉爲本賦〉有云：

事有六者，本歸一焉。各以廉而爲首，蓋尚德以求全。官繼條分，雖等差而立制；吏功旌別，皆清愼以居先。...乃知功廢於貪，行成於廉。苟務瀆貨，都忘屬厭。若是則善與能者爲汗而爲濫，恭且正者爲詖而爲憸。法焉不能守節，辨焉不能明賢。故聖人惡彼敗官，雖百能而莫贖；上茲潔行，在六計以相兼。此蓋周公差次之，小宰分掌者。考課則以是黜陟，大比則以爲用捨。彼六條四曰潔，晉法有所虧焉；四善二爲清，唐制未之得也。曷曰獨摽茲道，分貫其餘？始於善而迄辨，皆以廉而爲初。念厥德之至貴，故他功之莫如。...噫，績效皆煩，清名至美。故先責其立操，然後褒其善理。是以古者之治，必簡而明，其術由此。

〈通其變使民不倦賦〉，暢論自堯舜以下之聖君，皆能隨時而變，毫不拘泥，並作出「作法何常，視民所便」之結論。〈三法求民情賦〉則暢論刑獄必須有嚴肅、公正、清明、寬厚之精神，將題韻之「王用三法，斷民得中」之意旨，發揮至淋漓盡致。〈六事廉爲本賦〉則強調爲官者「廉」與「貪」之辨別，結出「功廢於貪，行成於廉」之千古名言。此三賦之句式極爲多變，不僅四、六字句而已，其中七、八、九字等字句貫穿其中。且對偶並不刻意求工，或用流水對，或用散行句，極爲自然。蓋其雄言滔滔，全以議論勝人，取其意而輕其辭。李調元謂東坡此三賦「才氣豪上，而率易處亦多，鮮有通篇完善者。」（見前引），雖以律賦之體格病之，私意以爲此正爲東坡開宋代律賦特色之所在，亦正「偭唐人規矩」之所在。李調元論北宋中期以後之律賦「專尚理趣，文采不贍」、「氣盛於辭，汪洋恣肆」等（均見前引），用於東坡此三賦亦極恰當。

三、題材拓新，寓理趣於故事

東坡之律賦，除治道類者外，尚有〈濁醪有妙理賦〉一篇。此賦以濁醪（酒）爲主線，以說理及用事舉證，暢論人生哲理，題材極爲特殊。通篇對偶工整自然，又間雜散句，氣勢流宕。用事貼切，全賦依題韻「神聖功用，無捷於酒」依次押韻，絲毫不亂。以形式而言，爲標準之律賦，以題材內涵言，又盡脫律賦多言治道之範疇，實千古之奇文。清・李調元云：

> 宋蘇軾〈濁醪有妙理賦〉……豪爽而有雋致，眞率而能細入。前無古人，後無來者。〔註55〕

由李調元之言可知，東坡此賦評價甚高。南宋李綱亦喜作律賦，且專仿東坡，其亦曾作〈濁醪有妙理賦〉，且全次東坡原韻，遂開律賦通篇次韻之首例，可見東坡此賦之膾炙人口。

此賦最大之藝術特色，係用典之繁多，借不同之典故表達出不同

〔註55〕見《雨村賦話校證》卷3，頁46。

之哲理，且典故與典故均以對句出之，眞精切藻麗，不可掩也。茲將主要之用事，臚列如下：

◎得時行道，我則師齊相之飲醇；遠害全身，我則學徐公之中聖。

喻顯達時，效法曹參之日飲醇酒，無爲而治；若逢亂世則學魏徐邈飲酒沉醉，以遠害全身。此酒之妙用也。故李調元曾謂此聯「窮達皆宜，纔是妙理。」〔註56〕

◎酷愛孟生，知其中之有趣；猶嫌白老，不頌德而言功。

用孟嘉所云酒中有眞趣事，言飲酒能暖身暢懷；而對白居易雖作〈酒功頌〉，猶嫌其尚不知眞正之酒德何在。

◎坐中客滿，惟憂百榼之空，身後名輕，但覺一盃之重。

言飲酒可使自己「如如不動而體無礙；了了常知而心不用」，心中極爲清明，惟擔心杯中無酒，故前二句用孔融所云「坐上客常滿，樽中酒不空，吾無憂矣。」之事以表明之。後二句爲強調飲酒爲人生最重要之事，則用晉張翰所云「使我有身後名，不如即時一杯酒。」之故事以表明之，二聯均用重視飲酒之事，極爲貼切。

◎又何必一石亦醉，罔間州閭；五斗解酲，不問妻妾。結襪廷中，觀廷尉之度量；脫靴殿上，誇謫仙之敏捷。陽醉逷地，常陋王式之褊；烏歌仰天，每譏楊惲之狹。我欲眠而君且去，有客何嫌；人皆勸我而不聞，其誰敢接。

爲表明眞正之飲者乃「在醉常醒」者、乃「得意忘味」者。故以「又何必」三字，引出八段故事，表示此八人尚非眞正懂得飲酒之人。對於淳於髡、劉伶、處士王生、李白等人之行爲認爲無必要。而對王式之量窄、楊惲之偏激，甚至陶淵明之眞率，亦不認同，而對不飲酒之韓愈，更不想與之結交。以上連用八事，率與酒有關，且均不予認同，東坡蓋以此表示一己飲酒境界之高妙。

〔註56〕見同註上。

◎獨醒者，汨羅之道也；屢舞者，高陽之徒歟？惡蔣濟而射木人，又何狷淺？殺王敦而取金印，亦自狂疎。

不認同屈原之不飲酒；對酈食其飲酒而能施展抱負，則頗爲贊同。而對時苗之不諒解醉人，鄙其心胸狹窄。對周顗之酒後狂言，以致害己，更不苟同，蓋皆非眞飲酒者也。〔註57〕

東坡舉出其自己飲酒之最高境界，乃「內全其天，外寓於酒。」故對古代之不飲者，或飲而無節者，皆不予許可，用典故以釋內涵，極爲妥貼。

故〈濁醪有妙理賦〉，東坡借「酒」喻示諸多人生之哲理，雖採不易寫作之律賦爲之，惟其藝術技巧甚高，尤其一賦中運用二十餘故事，將用事之巧妙，達於極致，誠使人有觀止之歎！而此賦「前無古人，後無來者」（李調元語），亦宜乎然矣。

第五節　文賦之特色——句式散化，情理兼融

最早提出「文賦」一詞者，爲明代之徐師曾，徐氏云：

三國、兩晉以及六朝，再變而爲俳，唐人又再變而爲律，宋人又再變而爲文。……文賦尚理，而失於辭，故讀之者無詠歌之遺音，不可以言麗矣。……故今分爲四體：一曰古賦，二曰俳賦，三曰文賦，四曰律賦。〔註58〕

按徐師曾之說法係源於元代之祝堯，祝堯於《古賦辯體》中，雖未明言文賦一詞，惟於宋人之以文爲賦，論之頗詳，其云：

宋之古賦，往往以文爲體。……至於賦，若以文體爲之，則專尚於理，而遂略於辭，昧於情矣。……賦之本義當直述其事，何專以論理爲體邪？以論理爲體，則是一片之文，

〔註57〕以上曹參、徐邈、孟嘉、白居易、孔融、張翰、淳于髡、劉伶、王生、李白、王式、楊惲、陶淵明、韓愈、屈原、酈食其、時苗、蔣濟、周顗、王敦等事，已詳述於第三章第七節。另可參見《校正經進東坡文集事略》卷二，〈濁醪有妙理賦〉郎曄注。見頁26～28。

〔註58〕見《文體明辨序說》頁51～52。

> 但押幾個韻爾！賦於何有？今觀〈秋聲〉、〈赤壁〉等賦，以文視之，誠非古今所及，若以賦論之，恐坊雷大使舞劍，終非本色。〔註 59〕

祝堯及徐師曾皆認爲「文賦」，專尙於理，不重修辭，非賦之本色。按以散文入賦，並非始於宋代。《楚辭》中之〈卜居〉、〈漁父〉，已開其端，宋玉諸賦散句亦多。漢代之逞辭大賦，如〈子虛賦〉、〈上林賦〉等，其中段雖以韻語爲之，惟首尾兩大部份亦均爲散文。而楊雄之〈長楊賦〉更全用文體，故祝堯曾云：

> 問答賦如〈子虛〉、〈上林〉首尾同是文，而其中猶是賦。至子雲此賦，則自首至尾純是文，賦之體鮮矣。厥後唐末宋時諸公以文爲賦，豈非濫觴於此？〔註 60〕

祝堯雖不甚許可唐宋文賦，但敍其遠源，尙稱正確。祝氏論賦，惟以復古爲尙，不知歷代辭賦，皆因其時代而變，唐、宋文賦受古文運動影響，將漢代散文就形式及內容作一創新之體格，可謂將賦體文學拓出新境，祝堯謂之非本色，實狹隘之觀念有以致之。

此外，曾有以廣義之觀點，將賦中有散文句式出現者，皆謂之文賦。甚至將漢代諸多逞辭大賦亦以文賦視之，此實不甚恰當。按徐師曾提出「文賦」概念之時，已在明代。當時所有賦之體裁均已完備，文賦與駢賦、律賦之分別顯而易見，可以不論。而其與漢代夾雜散句之大賦，雖在形式、結構等有諸多相似之處，但實不可同以「文賦」視之。

今人曹明綱氏對此言之極詳，其以爲文賦與漢代逞辭大賦之根本區別係在於「時代」，其謂「文賦」係「唐宋時代書面語言的創作高度發展的情況下，對歷史的一種表面的模仿和回歸，它直接受到唐宋古文創作的巨大影響，因此清晰地顯示出那個時代散文創作的特點。」〔註 61〕曹氏之論極爲精確，即「文賦」當指唐代肇端，於宋代成熟帶有散文特色之賦作（亦包括宋代以後之仿作）。可謂賦體文學演變中，

〔註 59〕見《古賦辯體》卷 8「宋體」，頁 817～818。

〔註 60〕見《古賦辯體》卷 4「兩漢體」，〈長楊賦〉下題注，頁 766。

〔註 61〕見《賦學概論》頁 215。

一種新之體裁。曹明綱氏曾將文賦之形式，作出極精闢之定義，其云：

> 文賦是賦體在長期發展過程中，於唐宋時期才形成的一種新類型。它在吸收以往辭賦、駢賦和律賦創作經驗和形體特點的基礎上，更融入了當時古文創作講求實效，靈活多變的特色，從而在形體方面形成了韻散配合、駢散兼施、用韻寬泛和結構靈活的新格局。它的篇幅長短皆宜，句式駢散多變，創作不拘一格，題材無往不適，用途寬廣無礙，是以前任何一種形式的賦體所不能同時具備的。〔註62〕

曹氏之言，將文賦之形式特點敍說頗詳，因此種特點之無所不容，復兼宋代大環境之影響，「議論」即成爲宋代文賦內容之一大特色。此即祝堯及徐師曾所謂之「專尚於理」及「文賦尚理」。此種重議論之色彩，一般多認爲受杜牧〈阿房宮賦〉之影響頗深。杜牧〈阿房宮賦〉前半以偶句、排比句等韻語鋪述阿房宮之種種事物，末二段則以散文評論秦朝滅亡之原因，氣勢雄壯。祝堯即曾評云：「前篇造句猶是賦；後半篇議論俊發，醒人心目，自是一段好文字。賦之本體恐不如此，以至宋朝諸家之賦大抵皆用此格。」〔註63〕

雖然，但宋人文賦並不全爲議論，諸多尚兼及記事、體物及抒情，題材亦多，即曹明綱氏所謂之「用途寬廣無礙」也。

宋代之文賦，一般均以歐陽脩之〈秋聲賦〉爲最成熟之代表作，其次則爲東坡之〈赤壁賦〉，爲踵歐公所作流傳千古之名篇；實則東坡之文賦除〈赤壁賦〉外，尚有四篇，即〈後赤壁賦〉、〈黠鼠賦〉、〈秋陽賦〉及〈天慶觀乳泉賦〉；除〈後赤壁賦〉因傍隨〈赤壁賦〉較具知名度外，其他三賦均爲〈赤壁〉二賦盛名所掩，較不爲人知。實則東坡此五篇文賦均允稱佳作，足以代表宋代文賦之總體特色。

東坡此五篇文賦，就其撰作之時間而言，恰可分三期，〈赤壁〉二賦作於神宗元豐五年，東坡謫黃州時，當時東坡 47 歲。〈黠鼠賦〉

〔註62〕見《賦學概論》頁 216。

〔註63〕見《古賦辯體》卷 7，「唐體」，〈阿房宮賦〉前評語，頁 816。

及〈秋陽賦〉均作於哲宗元祐六年，東坡知潁州前後，正爲揚州題詩案受謗之時，當時東坡 56 歲。〈天慶觀乳泉賦〉作於哲宗元符元年謫儋州時，東坡 63 歲。可見東坡之五篇文賦均作於受謗或貶謫之時，詩窮而後工，賦亦如此，此五賦均對宋代文賦之成熟與定體，有其貢獻及影響。

東坡之文賦，大抵而言其主要特色有三，茲分述之：

一、以散句行文，並間雜古、騷、駢等賦之句式，散行中有整齊之美

東坡之五篇文賦，大多以散句爲主，若去其押韻，實已極似散文。宜祝堯有「一片之文，但押幾個韻爾」之說法。惟文賦係融合前代各體賦，解脫賦體而成，故其他各種體裁賦之句式，仍間出文賦之中，復兼有押韻，自與散文不同。爰舉數例以觀：

◎清風徐來，水波不興。

◎誦明月之詩，歌窈窕之章。

◎月出於東山之上，徘徊於斗牛之間。

◎白露橫江，水光接天。

◎縱一葦之所如，凌萬頃之茫然。

◎浩浩乎如憑虛御風，而不知其所止；飄飄乎如遺世獨立，羽化而登仙。

（以上皆以雖不十分工整，惟頗似駢賦之偶句狀物、寫景、抒情——〈赤壁賦〉）

◎桂棹兮蘭槳，擊空明兮泝流光。渺渺兮予懷，望美人兮天一方。

（以騷體句式抒懷——〈赤壁賦〉）

◎如怨如慕，如泣如訴。

◎舞幽壑之潛蛟，泣孤舟之嫠婦。

（以偶句狀簫聲，極盡體物之妙——〈赤壁賦〉）

◎況吾與子漁樵於江渚之上，侶魚蝦而友麋鹿。駕一葉之扁舟，舉匏尊以相屬。寄蜉蝣於天地，渺滄海之一粟。哀吾生之須臾，羨長江之無窮。挾飛仙以遨遊，抱明月而長終。知不可乎驟得，託遺響於悲風。

（以古賦體式，偶句用韻，抒寫生命短暫之悲情——〈赤壁賦〉）

◎逝者如斯，而未嘗往也。盈虛者如彼，而卒莫消長也。

◎蓋將自其變者而觀之，則天地曾不能以一瞬。自其不變者而觀之，則物與我皆無盡也。

◎惟江上之清風，與山間之明月，耳得之而爲聲，目遇之而成色。取之無禁，用之不竭。

（以上以散句寫成偶句之形式，用散爲偶，以作議論——〈赤壁賦〉）

◎霜露既降，木葉盡脫。

◎江流有聲，斷岸千尺。

◎山高月小，水落石出。

（以駢賦之偶句型態狀秋夜之景——〈後赤壁賦〉）

◎履巉岩，披蒙茸，踞虎豹，登虯龍，攀棲鶻之危巢，俯馮夷之幽宮。

（以三組偶句，形容登上赤壁磯之情況——〈後赤壁賦〉）

◎人能碎千金之璧，不能無失聲於破釜；能搏猛虎，不能無變色於蜂蠆。

（以類似駢、律等賦，隔句相對之形式，言出人「不一之患」，對句靈動而不死板，於整篇賦之散行句式中，突出此聯，是爲一篇之警策—〈黠鼠賦〉）

◎吾心皎然，如秋陽之明；吾氣肅然，如秋陽之清；吾好善而欲成之，如秋陽之堅百穀；吾惡惡而欲刑之，如秋陽之隕群木。

（以二組隔句對，寫貴公子自比秋陽得意之狀，用散爲偶，兼具譬喻及排比風味，暗寫公子之無知——〈秋陽賦〉）

◎方夏潦之淫也，雲烝雨泄，雷電發越，江湖爲一，后土冒沒，舟行城郭，魚龍入室。菌衣生於用器，蛙蚓行於几席。夜違濕而五遷，晝燎衣而三易。是猶未足病也。耕於三吳，有田一廛。禾已實而生耳，稻方秀而泥蟠。溝塍交通，牆壁頹穿。面垢落塈之塗，目泣濕薪之煙。釜甑其空，四鄰悄然。鸛鶴鳴於户庭，婦宵興而永歎。計有食其幾何，矧無衣於窮年。

（鋪寫夏日大雨之情狀，除少數散句之外，均爲四、六句式，用古賦體式，又多出駢句，將賦體「鋪采摛文」之筆法，用於文賦之中，融合諸體，淋漓盡致——〈秋陽賦〉）

◎吾謫居儋耳，卜築城南，隣於司命之宮，百井皆鹹，而醪醴湩乳，獨發於宮中，給吾飲食酒茗之用，蓋沛然而無窮。吾嘗中夜而起，挈缾而東。有落月之相隨，無一人而我同。汲者未動，夜氣方歸。鏘瓊佩之落谷，灩玉池之生肥。吾三嚥而遄返，懼守神之訶譏。卻五味以謝六塵，悟一眞而失百非。信飛仙之有藥，中無主而何依。渺松喬之安在，猶想像於庶幾。

（此賦前一大半均在議論「水」甘鹹、生死之理，押韻極鬆散，已幾若散文。此引述者乃次段，前八句尚爲散句，自「吾嘗中夜而起」以下，以六言句爲主，全用古賦體式，其中尚間雜少量駢句。此與賦文前大半段氣勢滔滔之散行句全不相類，可見其融合之功力——〈天慶觀乳泉賦〉）

二、用韻寬泛自由，散行中具韻律之美

東坡第一期之文賦，若〈赤壁賦〉，換韻雖多，惟韻腳尚稱清晰，至〈後赤壁賦〉行文愈散化，已似雜文，用韻亦較寬泛。至第二期之〈黠鼠〉及〈秋陽〉二賦，用韻更寬泛，尤其〈黠鼠賦〉大多爲散句，押韻尤寬鬆。至第三期之〈天慶觀乳泉賦〉，其前面一大段，韻腳暗藏，隱約出沒，已散化至極。此三段時期，可稍窺東坡於文賦用韻之

一斑。茲舉〈後赤壁賦〉及〈黠鼠賦〉押韻之情況以觀大略：

◎〈後赤壁賦〉

是歲十月之望，步自雪堂，將歸於臨皋。二客從予，過黃泥之坂。霜露既降，木葉盡脫。人影在地，仰見明月。顧而樂之，行歌相答。已而歎曰：「有客無酒，有酒無肴，月白風清，如此良夜何！」客曰：「今者薄暮，舉網得魚，巨口細鱗，狀如松江之鱸。顧安所得酒乎？」歸而謀諸婦。婦曰：「我有斗酒，藏之久矣，以待子不時之須。

於是攜酒與魚，復遊於赤壁之下。江流有聲，斷岸千尺；山高月小，水落石出。曾日月之幾何，而江山不可復識矣。予乃攝衣而上，履巉岩，披蒙茸，踞虎豹，登虯龍。攀棲鶻之危巢，俯馮夷之幽宮。蓋二客不能從焉。劃然長嘯，草木震動，山鳴谷應，風起水湧。予亦悄然而悲，肅然而恐，凜乎其不可久留也。反而登舟，放乎中流，聽其所止而休焉。時夜將半，四顧寂寥。適有孤鶴，橫江東來。翅如車輪，玄裳縞衣，戛然長鳴，掠予舟而西也。

須臾客去，予亦就睡，夢一道士，羽衣翩躚，過臨皋之下，揖予而言曰：「赤壁之遊樂乎？」問其姓名，俛而不答。「嗚呼噫嘻！我知之矣，疇昔之夜，飛鳴而過我者，非子也耶？」道士顧笑，予亦驚悟。開戶視之，不見其處。

本賦自「木葉盡脫」句開始押韻，首段「脫」、「月」、「樂」、「答」爲韻；以下「魚」、「鱸」、「須」爲韻；而「酒」、「婦」、「久」間雜其中，又另成一韻，。

第二段「尺」、「出」、「識」爲韻；其次「茸」、「龍」、「宮」、「從」爲韻；復換「動」、「湧」、「恐」爲韻；再換「留」、「舟」、「流」、「休」爲韻；最後以「來」、「衣」、「西」爲韻。

第三段先以散句敘述，再以「樂」、「答」爲韻；以下又以散句敘述，至賦末再以「悟」、「處」爲韻。此賦已極爲散文化，押韻隨意而施，神出鬼沒，使人不覺。私意以爲東坡〈後赤壁賦〉著意散化，且不著議論，與其他文賦不同，似有意爲文賦另拓一新境界。

◎〈黠鼠賦〉

蘇子夜坐，有鼠方齧。拊床而止之，既止復作。使童子燭之，有橐中空。嘐嘐聱聱，聲在橐中。曰：「嘻，此鼠之見閉而不得去者也。」發而視之，寂無所有。舉燭而索，中有死鼠。童子驚曰：「是方齧也，而遽死耶？向爲何聲，豈其鬼耶？」覆而出之，墮地乃走。雖有敏者，莫措其手。

蘇子歎曰：「異哉，是鼠之黠也。閉於橐中，橐堅而不可穴也。故不齧而齧，以聲致人；不死而死，以形求脫也。吾聞有生，莫智於人。擾龍、伐蛟，登龜、狩麟。役萬物而君之，卒見使於一鼠。墮此蟲之計中，驚脫兔於處女。烏在其爲智也？」

坐而假寐，私念其故。若有告余者曰：「汝惟多學而識之，望道而未見也。不一于汝，而二于物，故一鼠之齧而爲之變也。人能碎千金之璧，不能無失聲於破釜；能搏猛虎，不能無變色於蜂蠆。此不一之患也。言出於汝，而忘之耶？」

余俛而笑，仰而覺。使童子執筆，記余之怍。

本賦幾大部份爲散文句，惟仍保有設辭問答之形式，而押韻之寬泛自由，已幾使人不覺。首段之「齧」、「作」雖未押韻，惟均爲入聲，亦稍有押韻之味。以下「空」、「中」押韻；其次「死」、「鬼」押韻；再次則「走」、「手」押韻。

次段「黠」、「穴」、「齧」、「脫」均押入聲韻；其次「人」、「麟」押韻；再次則「鼠」、「女」押韻。

第三段「見」、「變」押韻；再次則「釜」、「虎」、「汝」押韻。末段則「覺」、「怍」押韻。

本賦以內容言，係一說理之寓言賦（亦有寄託，詳前章），雖仿歐公〈秋聲賦〉而作，然更似一小品雜文，惟東坡既以「賦」名篇，則表示係以賦體視之，此賦無論體裁、形式或內容，均可視爲東坡有意爲文賦拓境之作品，惜其爲〈赤壁〉二賦盛名所掩，流傳不廣，誠可惜哉！

三、以議論爲主，並兼及敍事、體物與抒情

宋代文賦最主要之內涵即爲議論或說理。以東坡之文賦觀之，〈赤壁賦〉論江山風月、變與不變之理；〈黠鼠賦〉論人不一之患；〈秋陽賦〉除借秋陽關懷百姓之外，尙寓有人應拋棄凡俗之感受，且一己之喜樂不應受外物支配之哲理。〈天慶觀乳泉賦〉則借《易經》引出水甘鹹、生死之理，議論勃發。惟〈後赤壁賦〉全未著議論，最爲奇特。此外，此五篇文賦均內涵豐富，或敍事、或體物、或抒情，各情境間雜而出。以〈赤壁賦〉而言，其融敍事、狀物、抒情、議論於一爐，爲最經典之文賦作品，其與歐陽脩〈秋聲賦〉，並列爲宋代文賦之代表作，誠非偶然也。

第五章　蘇過辭賦探析

第一節　蘇過生平及辭賦綜述

一、蘇過生平重要事蹟

蘇過，字叔黨，小名似叔，〔註1〕北宋眉州眉山（今四川省眉山縣）人，爲蘇軾第三子。生於宋神宗熙寧五年（1072）四月四日，卒於宋徽宗宣和五年十二月（1123），年五十二歲。

宋神宗熙寧四年，蘇軾因與王安石政見不合，出任杭州通判，次年四月四日，蘇過生於杭州，生母王閏之，爲蘇軾繼室。〔註2〕

自熙寧五年起，蘇軾歷經杭州通判、知密州、知徐州、知湖州等

〔註1〕據舒大剛《蘇過年表》「熙寧五年」條引《西樓帖》，蘇軾杭州〈與堂兄〉（七）云：「軾房下四月四日添一男，頗易養，名似叔。」（見《斜川集校注》之《附錄》，頁733。）

〔註2〕按蘇軾原配名王弗，至和元年（1054）十六歲時嫁予蘇軾。嘉祐四年（1059），生長子蘇邁，字伯達。治平二年（1065），王弗卒於京師。神宗熙寧元年（1068），蘇軾娶王弗堂妹王閏之爲繼室，熙寧三年（1070）生次子蘇迨，字仲豫；熙寧五年（1072）生三子蘇過於杭州，字叔黨。又東坡侍妾朝雲，元豐六年（1083），生蘇軾四子蘇遯，小名幹兒，次年即殤，未及期年。

外任，蘇過均隨父宦遊。元豐二年八月，蘇軾因「烏臺詩案」入獄，於同年十二月貶黃州團練副使、本州安置。東坡在黃州四年餘，蘇過均隨侍在側。元豐五年（1082），東坡鄉里友人巢谷自蜀來，東坡令次子蘇迨及蘇過從巢谷學於雪堂，巢谷授兩小兒極嚴。〔註 3〕是年三月，僧參寥來黃州訪東坡，蘇過始識之。九月二十七日，弟蘇遯生，明年三月，東坡量移汝州團練副使，七月二十八日過金陵時，蘇遯因病夭折，東坡有詩哭之。〔註 4〕

元豐八年三月，神宗崩，哲宗即位。十月，東坡被召回朝，自此時至元祐八年九月，東坡出知定州前，或在朝爲官，或於其間出知杭、潁、揚等州，蘇過均隨父在京或宦遊。元祐元年，東坡在京任中書舍人、知制誥；時東坡弟蘇轍亦回朝任右司諫，二蘇兄弟同在京師。二人之子女亦得同遊，時蘇過與長兄邁、次兄迨及蘇轍子蘇遲、蘇适、蘇遠，常相從，得敍天倫之樂。〔註 5〕

東坡爲宋代文賦之奠基者，其作賦受唐．杜牧〈阿房宮賦〉影響頗深。元祐二年，東坡爲翰林學士，某日在翰林院夜讀〈阿房宮賦〉凡數遍，每讀一遍，即咨嗟歎息，至夜分猶不寐。有二老兵，給事左右，坐久甚苦之。一人連長嘆云：「有何好處，寒夜不肯睡！」。另一老兵則曰：「也有兩句好，……我愛他道『天下之人不敢言而取怒。』」時蘇過年方十六，臥而聞之，明日以告東坡，坡大笑曰：「這漢子也

〔註 3〕巢谷，初名巢穀，字元修，眉山人，東坡兄弟幼年即與之相識。東坡貶黃州，元修來訪，携蜀中「巢菜」之種子來，蘇軾種之於「東坡」，並爲作〈元修菜〉詩（見《蘇軾詩集》卷 22，頁 1160）。後蘇轍貶循州，東坡貶嶺海，巢谷年已七十有三，千里訪轍於循州，復欲往嶺南訪東坡，卒於途中。後蘇轍作〈巢谷傳〉以表彰之（見《欒城後集》卷 24（《蘇轍集》頁 1139）。

〔註 4〕見〈去歲九月二十七日，在黃州生子遯，小名幹兒，頎然穎異。至今年七月二十八日，病亡於金陵，作二詩哭之〉詩，《蘇軾詩集》卷 23，頁 1239。

〔註 5〕蘇過紹聖四年於儋耳所作之〈冬夜懷諸兄弟〉詩，有云：「憶昔居大梁，共結慈明侶。晨窗惟六人，夜榻到三鼓。豈知聚散事，翻手如雲雨。」（見《斜川集校注》卷 2，頁 79）。

有識鑒。」〔註 6〕蘇過其後於惠、儋期間，曾作辭賦數篇，頗有乃父文賦之味，或此時已得啓發。

元祐五年（1090），蘇過十九歲，時東坡正知杭州，蘇過以詩賦解兩浙路。明年春，與兄迨應禮部試，均下第。〔註 7〕是年蘇過二十歲，蘇軾爲娶范鎮之孫，范百嘉之女爲妻。元祐八年八月一日（1093），蘇過生母王閏之病逝於京師，享年四十六歲。〔註 8〕是年九月三日，宣仁太后崩，哲宗親政，東坡於是月以端明殿學士兼翰林侍讀學士、禮部尚書出知定州。東坡於九月二十三日離京，蘇過隨行。自此以後，直至東坡卒於常州爲止，蘇過均隨侍東坡，未嘗一日或離。

紹聖元年（1094）四月，東坡以前掌制命有譏訕先朝之嫌，落端明殿學士、翰林侍讀學士，依前左朝奉郎知英州。三子邁、迨、過均隨行。四月二十一日，抵汝州，蘇轍分俸七千，東坡乃使蘇邁率家人就食宜興。六月初五，御史來之邵等復言東坡自元祐以來，多託文字譏斥先朝，雖已責降，未厭輿論，乃再責授寧遠軍節度副使，惠州安置。東坡乃使蘇迨亦歸宜興，並携蘇過妻小同行。東坡獨與侍妾朝雲及蘇過赴惠州貶所。

赴惠州途中，經湖口，東坡觀湖口人李正臣所蓄異石，作〈壺中九華〉詩，並命蘇過繼作。蘇過乃賦〈湖口人李正臣蓄異石，廣袤尺餘，而九峰玲瓏。老人名曰「壺中九華」，且以詩紀之，命過繼作〉詩，以爲唱和。〔註 9〕此詩爲蘇過可考詩歌最早之作品，《斜川集》編年詩即起於是年。紹聖元年八月，東坡父子抵虔州，蘇過侍父遊名勝鬱孤臺，東坡賦〈鬱孤臺〉詩，蘇過亦以同韻作〈題鬱孤臺〉詩。〔註 10〕九月二十七日，至羅浮山，父子同遊，東坡賦〈遊羅浮山一首示兒子

〔註 6〕見《蘇過年譜》引《捫掌錄》（《北宋文學家年譜》頁 401）。

〔註 7〕見《宋史・蘇軾傳》附《蘇過傳》，以及晁說之所撰蘇過《墓誌銘》。

〔註 8〕據蘇軾《書金光明經後》一文，見《蘇軾文集》卷 66，頁 2086。

〔註 9〕蘇過詩見《斜川集校注》卷 1，頁 1。

〔註 10〕東坡〈鬱孤臺〉詩見《蘇軾詩集》卷 38，頁 2053。蘇過〈題鬱孤臺〉詩，見《斜川集校注》卷 1，頁 5。

過〉詩，中有「小兒少年有奇志，中宵起作存黃庭。近者戲作淩雲賦，筆勢彷彿《離騷》經。」之句〔註 11〕按東坡父子二人，沿途作詩唱和，不惟可解旅途之憂，東坡亦可訓練蘇過作詩，其後蘇過詩、文風格頗似乃父，應於此時即已肇端。就東坡前詩觀之，蘇過已曾作賦，此〈淩雲賦〉今雖不傳，惟以東坡所云「筆勢彷彿離騷經」觀之，應為一極佳之騷體賦。

東坡貶惠州，為居官以來，最遠之一次流放（當時尚不知以後之再貶儋州），蘇過極為純孝，為寬慰老父，乃作〈和大人遊羅浮山〉詩一首，全次原韻，今具引之，以見其孝思，詩云：

> 我公陰德誰與京？學道豈厭遲蜚鳴。世間出世無兩得，先使此路荒承明。謫官羅浮定天意，不涉憂患那長生？海涯莫驚萬里遠，山下幸足五畝耕。人生露電非虛語，大椿固已悲老彭。蓬萊方丈今咫尺，富貴敝屣誰重輕？結茅願為麋鹿友，無心坐伏豺虎獰。況公方瞳已照座，奕奕神光在天庭。出青入元二氣換，妙理默契黃庭經。但願他時仇池主，不願更勒燕然銘。稚川刀圭儻可得，簪組永謝漢公卿。腹中梨棗晚自成，本無荊棘何所平。〔註 12〕

紹聖元年十月二日，東坡父子抵惠州，初寓合江樓，是月十八日遷嘉祐寺；紹聖二年三月十九日復遷合江樓；紹聖三年四月二十日復歸於嘉祐寺。〔註 13〕因居所極不安定，東坡於是乃於三年四月，於白鶴峰買地築屋，為苟完之計，期望新居落成遷入，庶幾能稍為安定。此段時期東坡之飲食生活，多蘇過一身擔之，於白鶴峰築屋，營造之勞，亦由過一人當之，極為勞冗。

居於嘉祐寺期間，寺內有松風亭，蘇過曾作〈松風亭詞〉，全以騷體為之，頗能得《楚辭》神髓。紹聖二年八月，廣州、惠州刮颶風，

〔註 11〕東坡〈遊羅浮山〉詩見《蘇軾詩集》卷 38，頁 2068。

〔註 12〕見《斜川集校注》卷 1，頁 8。

〔註 13〕東坡及蘇過於惠州住所搬遷情況，據東坡〈遷居〉詩之序文。（見《蘇軾詩集》卷 40，頁 2194）。

東坡命蘇過作〈颶風賦〉一篇；又因東坡少時嘗見其父蘇洵友人史經臣所作之〈思子臺賦〉，印象深刻，而經臣賦已亡佚，東坡遂於本年命蘇過作補亡之篇，並爲之作序。〔註14〕其後蘇過所作之〈颶風賦〉及〈思子臺賦〉，傳誦海內，一時馳名。後代多人曾以爲〈颶風賦〉係東坡所作，可見其神似。紹聖三年七月，東坡侍妾朝雲病卒，所有生活重擔全落於蘇過之身矣。

紹聖四年（1097）白鶴峰新居落成，二月十四日，蘇過與東坡自嘉祐寺遷入。時東坡長子邁授仁化令，已將二子及蘇過一房搬遷南來。東坡乃遣蘇過赴循州迎之。閏二月初，蘇邁將兩房大小搬至惠州，計有邁子蘇簞、蘇符及過子蘇籥。而東坡次子迨亦携家小南下，已由宜興至許昌。東坡久未見親人，心甚歡喜，嘗作詩云：

> 旦朝丁丁，誰款我廬。子孫遠至，笑語紛如。
> 剪鬃垂髫，覆此瓠壺。三年一夢，乃復見余。〔註15〕

蘇過與家人、兄弟同敍天倫，並不長久。是年閏二月十九日，元祐黨人再被貶斥，東坡責授瓊州別駕，移昌化軍安置。子由已先責授化州別駕，雷州安置。四月，東坡安置告命下，四月十九日離惠州，將蘇邁等留置惠州，僅蘇過隨行。五月，與子由相遇於藤，同行至雷州相別。五月九日至雷州徐聞渡，東坡父子二人謁伏波將軍廟，東坡撰〈伏波將軍廟碑〉，除序文外，係採七言之「銘體」；〔註16〕蘇過亦撰〈伏波將軍廟碑〉，除序文外，碑文採楚騷體，可視爲辭賦類，蘇過此碑文由伏波將軍馬援之遭遇，思及乃父，故頗有寄託。〔註17〕

紹聖四年七月二日，蘇過隨侍東坡至昌化軍貶所，儋守張中待東坡父子甚善，初僦官舍以居。元符元年四月，董必察訪廣西，遣吏渡海將東坡父子逐出官舍。父子二人於是買地於軍城南，茂林之下，築

〔註14〕見《蘇軾文集》卷1，頁30，〈思子臺賦〉前序文。
〔註15〕見〈和陶時運四首〉之四，《蘇軾詩集》卷40，頁2218。
〔註16〕東坡〈伏波將軍廟碑〉見《蘇軾文集》卷17，頁505。
〔註17〕蘇過〈伏波將軍廟碑〉見《斜川集校注》卷7，頁468。

屋而居，賴十數學生助泥水之役，方克完工。惟此新居「極湫隘，粗有竹樹，烟雨濛晦，眞蜒塢獠洞也。」〔註18〕

儋州爲極荒遠之地，飲食、醫藥、炭火、寒泉皆無，生活極爲艱苦。於儋耳之約三年間，蘇過盡全力照拂年邁之東坡，極具孝思。據宋・晁說之〈宋故通直郎眉山蘇叔黨墓誌銘〉云：

> 惟是叔黨，於先生飲食服用，凡生理晝夜寒暑之所須者，一身百爲，而不知其難。翁板則兒築之，翁樵則兒薪之，翁賦詩著書則兒更端起拜之，爲能樂乎先生者也。〔註19〕

由晁說之之言，可見蘇過侍父之盡心。父子二人至儋耳之第二年，蘇過爲使老父心中能暢達而不抑鬱，曾作〈志隱〉一賦，以娛東坡，據蘇過〈志隱跋〉云：

> 遂賦〈志隱〉一篇，效昔人〈解嘲〉、〈賓戲〉之類。將以混得喪、忘覊旅，非特以自廣，且以爲老人之娛。〔註20〕

東坡讀〈志隱〉後，欣然嘉焉。並云：「吾可以安於島夷矣！」且欲作〈廣志隱〉，以極窮通得喪之理，惜以故未成。〔註21〕

儋州飲食極缺乏，東坡常食者藷芋、菜羹。蘇過爲使東坡之飲食有所變化，曾以山芋作「玉糝羹」，東坡食之極爲欣悅，謂「人間決無此味」，並作詩稱贊。〔註22〕蘇過之養親如此，眞非常人可及。

蘇過爲求安心於儋州侍父，甚至將妻小均置於惠州。至元符三年（1100）上元，已二年餘未見，東坡甚爲感念，曾作〈追和戊寅上元〉詩，中有「石建方欣洗牏廁，姜龐不解歎蠨蛸。」之句，蓋盛贊蘇過夫婦之篤於孝道也。〔註23〕

〔註18〕見東坡〈與程秀才二首〉之二，《蘇軾文集》卷55，頁1628。

〔註19〕見《斜川集校注》「附錄二」，碑傳類，頁791。

〔註20〕見《斜川集校注》卷9，頁619。

〔註21〕據晁說之《宋故通直郎眉山蘇叔黨墓誌銘》所云，「銘」見同註19。

〔註22〕見東坡〈過子忽出新意，以山芋作玉糝羹，色香味皆奇絕。天上酥陀則不可知，人間決無此味也〉詩，《蘇軾詩集》卷42，頁2316。

〔註23〕〈追和戊寅上元〉詩，見《蘇軾詩集》卷43，頁2345。按「石建」句，「牏廁」當作「廁牏」，中衣也，東坡或因聲律之故倒用。前漢・石奮

元符三年正月十二日哲宗崩，徽宗即位。至五月，朝廷告下，東坡移廉州安置，六月，父子二人離儋；七月至廉州，八月又告下，再移汝州安置。東坡與蘇過行至廣州，蘇邁、蘇迨均至，父子四人遍遊廣州名勝。建中靖國元年（1101）正月，東坡度大庾嶺北歸，經虔州、南康軍、金陵，蘇過均隨侍，父子本欲歸常州宜興，因蘇轍乞歸潁昌，東坡乃命蘇邁、蘇迨往宜興變賣家產，以備往潁昌。後因政局有變，東坡決計仍歸常州。因旅途勞頓，中夜暴下，蘇過日夜扶持，無敢稍懈。至常州，六月，請老，以本官致仕，七月二十八日卒，蘇邁、蘇迨、蘇過均侍側。

徽宗崇寧元年（1102），蘇過兄弟三人，扶東坡靈柩自淮入汴，西行至汝州。蘇邁則往京城遷王閏之及蘇迨亡妻歐陽氏之靈柩，至汝州郟城待葬。閏六月，蘇過兄弟合葬亡父母於汝州郟城之小峨眉山。

崇寧二年秋，服除，蘇過歸潁昌，依蘇轍而居。至政和二年（1112）六月，約近十年之間，蘇過均閒居潁昌。自崇寧元年詔立元祐黨人碑後，元祐舊臣及其子弟均不得於京師爲官，蘇轍因是亦退居潁昌，閒居十餘年，不復起用。東坡三子亦均大多閒居。蘇過於閒居潁昌期間，與叔父蘇轍唱酬頗多，於蘇轍多有稱頌。政和二年六月，爲求衣食，蘇過出監太原府稅。是年十月，蘇轍卒，過奔喪潁昌，並作〈祭叔父黃門文〉，悲痛異常。文中有如「公雖不用也，而天下愈尊之如泰山，歸之如鳳麟。意造物之有待，使巋然而獨存。」等對蘇轍之稱許；亦有如「過也昔孤，而歸公於許，奉杖屨者十春。維二父之篤愛，推其餘於子孫。」等對蘇轍之感恩。〔註 24〕

蘇過監太原酒稅約二年餘，至政和五年（1115），「以法令罷免」（據〈墓誌銘〉）。乃復回潁昌，卜築城南閒居。旋於是年冬知河南郾

長子石建，每五日洗沐歸謁親，並取親中衣，身自澣洗，東坡用此事蓋喻蘇過之篤孝也。「姜龐」用後漢・姜詩妻龐氏事姑甚孝之故事，再配以「不解歎蠨蛸」，喻「婦人歎其夫不在而居處寂寞也。」東坡用此事蓋喻蘇過妻范氏之純孝也（以上均據《蘇軾詩集》王文誥注）。

〔註 24〕〈祭叔父黃門文〉見《斜川集校注》卷 8，頁 557。

城縣，共約四年餘，於宣和二年（1120）又「以法令罷免」（據〈墓誌銘〉）復閒居潁昌。次年卜築城西鴨陂之南，營水竹數畝，結茅而居之，慕淵明之為人，名其處曰「小斜川」，始自號「斜川居士」。〔註25〕至宣和五年（1112）夏，以通直郎，權通判中山府，是年十二月，因事如鎮陽，以暴疾卒於道中，年五十二。宣和七年（1125）四月，葬於河南郟城縣小峨眉山，東坡墓之東南。晁說之為撰〈宋故通直郎眉山蘇叔黨墓誌銘〉。

蘇過前半生，大多伴隨於其父蘇軾之側，故其思想及詩、文風格，受東坡影響甚深，當時人稱之為「小坡」，蓋以軾為「大坡」也。其叔父每稱其純孝，以訓宗族，並云：「吾兄遠居海上，惟成就此兒能文也。」〔註26〕惜乎蘇過所處之徽宗時代，以黨禁嚴厲之故，未能大用於時。

蘇過因受乃父薰陶，除詩、文之外，繪畫及書法亦頗有成就。晁說之撰《墓誌銘》云：「書畫之勝，亦克效先生，人稱曰小坡。」又東坡嘗有〈題過所畫枯木竹石三首〉詩，其中有句云：「老可能為竹寫眞，小坡今與石傳神。」王註引次公曰：「小坡，言過也。過，時稱小東坡。」〔註27〕「老可」，謂文同（字與可）乃北宋畫竹大家，東坡以蘇過所畫枯木竹石與之並言，可見蘇過之畫，確係有可觀者。又東坡嘗有〈偃松屏贊并引〉一文，亦言及蘇過「畫寒松偃蓋為護首小屏」，並為之作贊，可見蘇過之畫甚為東坡許可。〔註28〕

蘇過詩、文等有《斜川集》傳世，南渡之後，頗有損毀。後代所傳，因此頗有訛誤，散佚亦多。至清乾隆間編《四庫全書》，館臣方

〔註25〕參見晁説之所撰蘇過《墓誌銘》及蘇過〈小斜川〉詩及序文（見《斜川集校注》卷6，頁402。）

〔註26〕見《宋史・蘇軾傳》附《蘇過傳》。

〔註27〕詩見《蘇軾文集》卷43，頁2348。

〔註28〕〈偃松屏贊〉見《蘇軾文集》卷21，頁616。又有關後人於蘇過書畫之評論，可參閱《蘇過年譜》頁552，徵引元遺山等諸多人之論述頗詳。(《北宋文學家年譜》本)。

自《永樂大典》輯出三五二篇，因係列於存目，故刻入《知不足齋叢書》。其後趙懷玉及法式善又有輯補，益增完善。惟清代各刻本皆以文體分卷，時間錯亂，不便研究。今四川大學舒大剛等將蘇過詩、文重新編年，並予以詳注，以《斜川集校注》為名，由成都巴蜀書社出版，堪稱善本。蘇過為東坡諸子中，惟一有文集傳世者，其既有「小東坡」之稱，則詩、文等自有其價值之所在，惜乎數百年來均闇而不彰，今《斜川集校注》得以流傳，蘇過之文學地位當可奠定矣。

二、蘇過現存辭賦綜述

蘇過所作辭賦，以今本《斜川集》考之，共有五篇，均作於隨侍其父東坡貶謫惠州及儋州時期。自東坡北歸，卒於常州，蘇過後半生無論閒居穎昌、或晚年為官時期，均未再有辭賦作品。蘇過此五首辭賦，或東坡命作，或其自作，率皆與東坡有關，亦可謂蘇過代乃父發抒之若干心境，故此五首辭賦無論形式或內涵，均與東坡有神似之處。辭賦作品不若詩、文，可大量創作；辭賦甚至有一、二名篇即足以傳世不朽者（如謝惠連〈雪賦〉、謝莊〈月賦〉、顏延年〈赭白馬賦〉、江淹〈恨、別〉二賦、杜牧〈阿房宮賦〉等）。以東坡而言，辭賦作品高達三十八篇，可謂創作量甚大。蘇過之辭賦，雖僅有五篇，惟其中若〈颶風賦〉及〈思子臺賦〉於宋代即已廣為流傳，足以奠定蘇過於宋代辭賦文學之地位。而其另三篇作品亦頗有特色及內涵，有研究之價值。

蘇過之辭賦，今本《斜川集校注》皆已詳考編年，且大體無誤，故本論文不再考證其編年，茲董理其辭賦之概況如下。

（一）以騷辭體寫作者

1. 〈松風亭詞〉

此「詞」全用楚騷體，故《斜川集》將之歸類於詩歌卷中，情況與東坡諸辭（詞）相同。松風亭在惠州嘉祐寺附近，蘇過隨東坡南貶時曾二度居嘉祐寺，故常至松風亭遊賞。此賦寫松風亭之景色及寓居心情，於體物中兼述心境。《斜川集校注》編此賦於紹聖三年冬蘇過第二次居嘉祐寺時，大抵不誤。

2. 〈伏波將軍廟碑〉

此廟碑前有散文長序，正文不用碑銘體，反而用楚騷體，故可以騷辭視之。紹聖四年，東坡再貶儋州，蘇過侍父同行，六月至雷州徐聞渡，將渡海時，父子二人同謁伏波將軍馬援廟，蘇過借詠馬援而抒發心中之激憤，深得騷辭抒情之旨。

（二）以賦體寫作者

1. 〈颶風賦〉

紹聖二年八月，惠、廣間有颶風，或因颶風於內陸少見，較為特異，東坡乃命蘇過作此賦以志之。此賦為一文賦，略用主客問答之體式。前半鋪寫颶風，自初起、暴發，以迄風止，頗得「鋪采摛文」之旨。末段則借颶風議論人生之處境，堪稱宋代文賦之標準體格，頗有東坡家法。

2. 〈思子臺賦〉

本賦乃蘇過受父命而作，前已屢言之。此賦篇幅頗長，前半雖多用騷賦句式，惟抒情者少，反多在議論史實，其中又夾雜頗多散句；至後半則全以押韻之散文議論。故本賦就其內容而言，可謂為詠史賦。就其形式而言，可謂為一變體騷賦，或騷散混合體之辭賦。本賦據王文誥《總案》云作於蘇過居惠州時之紹聖二、三年間，大抵不誤。〔註29〕

3. 〈志隱〉

此賦以「客」與「蘇子」之問答而組成，就蘇過自序所云，乃效漢人〈解嘲〉、〈賓戲〉之體式而作。其中駢句頗多，亦雜有散句，通篇韻腳清晰，雖未以賦名，實為賦體，且其中議論滔滔，廣義言之，可歸於宋代文賦之屬。此賦篇幅極長，多引故事，主要在發揮《莊子》齊物思想及曠達之旨。賦文開首有「蘇子居島夷之二年」字樣，可知

〔註29〕見《蘇文忠公詩編註集成總案》卷39，頁1336～1339。

係元符元年（1098）作於儋耳。此賦係蘇過安慰老父之作，故以「志隱」爲名。此賦與〈颶風〉、〈思子臺〉二賦，晁說之於蘇過〈墓誌銘〉中均盛稱之，可謂鼎足爲三也。

爲醒眉目，玆將前述五篇辭賦之撰作地點、體裁、字數等以編年爲序，表列如下：

蘇過現存辭賦一覽表（以編年爲序）

宋曆紀年（西元）	辭賦作品		撰作地點	體裁	字數	備　註
	辭	賦				
宋哲宗紹聖二（1095）		颶風賦	惠州	文賦	序 53 文 482	1.《斜川集》末收序，序見《蘇軾文集》卷一 2.蘇過隨父貶惠州之第二年作
〃		思子臺賦	惠州	變體騷賦（騷散混合體）	序 139 文 782	1.序係東坡所作，《斜川集》未收序，序見《蘇軾文集》卷一 2.賦作於紹聖二、三年間，姑編於二年
紹聖三（1096）	松風亭詞		惠州	騷辭	230	蘇過於紹聖元年及三年，兩居嘉祐寺，玆從《斜川集校注》編於三年冬
紹聖四（1097）	伏波將軍廟碑		雷州徐聞渡	騷辭	序 449 文 344	自惠州赴儋州途中，渡海前作
元符元（1098）		志隱	儋州	文賦	跋 130 文 1119	1.跋係蘇過政和六年（1116）追作，已約十八年後 2.賦係至儋州之第二年作
合　計	（辭）2	（賦）3				

第二節　蘇過辭賦之內涵及特色

蘇過之辭賦，已概述如上。其五篇辭賦之形式，固有如文賦、騷賦等體格。究其內涵，則可概分爲三大類，〈颶風賦〉及〈松風亭詞〉雖亦有議論及抒發心境之處，惟其中鋪述景物處頗多，可歸爲「體物類」；〈思子臺賦〉及〈伏波將軍廟碑〉，皆敍史事而有寄託，可歸之爲「詠史類」；〈志隱〉係抒寫居儋心志，可歸於「寫志類」。略分三類，係便於論述，其實五篇辭賦無論內涵或形式技巧，皆有互通之處。玆分述之。

一、體物類——寫物圖貌，兼發議論

《文心雕龍・詮賦》云：「賦者，鋪也；鋪采摛文，體物寫志也。」該篇末之「贊曰」又云：「賦自《詩》出，分歧異派。寫物圖貌，蔚似雕畫。」晉・陸機〈文賦〉亦云：「賦體物而瀏亮。」由此觀之，賦之基本功能有「體物」一類，且須鋪排雕繪，以氣勢勝。賦之功能固不僅如此，且因其演變，有多種內涵及形式，題材亦日漸擴大，惟鋪張敷排，始終可謂爲賦之基本技巧。

宋哲宗紹聖二年（1095），蘇過隨侍東坡於惠州已第二年，惠州近海，夏日常有颶風（按當即今日之颱風）。是年八月，廣州、惠州間起大颶風，東坡表兄程正輔（之材），時提刑粵中，本年三月曾至惠州探望東坡，盤桓十日而去。八月既有颶風，東坡乃致書正輔，期望能來勘災，〈與程正輔七十一首〉之第〈四十一簡〉云：

> 廣倅書報，近日颶風異常，公私屋倒二千餘間，大木盡拔。乾明（寺名，在廣州）訶子樹已倒，此四百年物也。父老云：「生平未見此異。」老兄莫緣此一到南海，拊視爲佳，惠人亦望使車一到。若早來，民受賜多矣，必察此意。〔註30〕

東坡時雖遭貶，然對百姓仍極關切，希正輔能來勘災減稅。不久正輔果至惠，東坡甚欣喜，曾作〈聞正輔表兄將至，以詩迎之〉詩，中有

〔註30〕此簡見《蘇軾文集》卷54「尺牘」，頁1606。

句云：

我兄清廟器，持節瘴海頭。蕭然三家步，橫此萬斛舟。人言得漢吏，天遺活楚囚。惠然再過我，樂哉十日留。〔註31〕

對於正輔能來惠，心甚喜之，蓋不僅爲一己能與親人相聚（按正輔爲東坡母舅之子），更爲百姓喜也。

或因東坡於中原內陸，從未曾見颶風，或因此次颶風特大，令東坡印象深刻（按應爲今日之超級強颱），故乃令蘇過作賦以誌之，當亦有使其練習作賦之意。不期遂使蘇過多一名篇，得以流傳千古。

〈颶風賦〉前有小序，敍颶風之概念，序云：

《南越志》：熙安間多颶風。颶者，具四方之風也。嘗以五、六月發。未至時，雞犬爲之不鳴。又《嶺表志》云：秋夏間有暈如虹者，謂之颶母，必有飄風。〔註32〕

或因中原、內陸之人，均不知「颶風」爲何物，故蘇過乃先以序文解釋之。觀其所引之書籍，或曰《南越志》，或曰《嶺表志》，可知颶風好發於中國東南沿海一帶。

蘇過此賦既以「颶風」爲題，則自當以鋪述颶風爲主體，故賦文前大半均在言颶風，且極有層次。自颶風來前之預兆、至初發、暴起、風止，由靜而動，再由動而靜，令人心駭目驚。首段敍颶風之預兆及初發云：

仲秋之夕，客有叩門指雲物而告予曰：「海氛甚惡，非祲非祥。斷霓飲海而北指，赤雲夾日而南翔。此颶之漸也。子盍備之？」語未卒，庭戶肅然，槁葉蔌蔌，驚鳥疾呼，怖獸辟易。忽野馬之決驟，矯退飛之六鷁。襲土囊之暴怒，掊眾竅之叱吸。予乃入室而坐，斂衽變色。

客曰：「未也，此颶之先驅爾。」〔註33〕

賦文以「客」對「主」之言起始，惟於「客」言之後，賦文即直陳颶

〔註31〕見《蘇軾詩集》卷39，頁2143。
〔註32〕按此序《斜川集校注》未收入，據《蘇軾文集》卷1，頁19引。
〔註33〕見《斜川集校注》卷7，頁450。

風初發之情形，其後「客」又再言，但「主」兩次均未回答。而賦文後數段「客」均未再出現，全爲「主」之直述。此可見蘇過此賦雖採主客首引之方式，約略保持辭賦之若干特質，惟並未用二人之對答，可見其能活用賦之體式而不爲所拘。

此段雖大體爲散文句式，但敍述颶風初發之一段，多用四、六句式，並間雜駢句，頗得賦體之特色。

次段爲鋪寫颶風主要之一段，極爲精彩傳神，使人如親臨其境，賦文云：

> 少焉，排户破牖，隕瓦擗屋。礧擊巨石，揉拔喬木。勢翻渤澥，響振坤軸。疑屏翳之赫怒，執陽侯而將戮。鼓千尺之濤瀾，襄百仞之陵谷。吞泥沙於一卷，落崩崖於再觸，列萬馬而并騖，潰千車而爭逐。虎豹懾駭，鯨鯢奔蹙。類鉅鹿之戰，殷聲呼而動地；似昆陽之役，舉百萬於一覆。予亦爲之股慄毛聳，索氣側足。夜拊榻而九徙，晝命龜而三卜。蓋三日而後息也。

本段除起首領字「少焉」及末數句「予亦爲之股慄毛聳，索氣側足」、「蓋三日而後息也」等散句外，全用駢句；通段一韻，且大多爲四、六句式，若單以本段視之，實可謂爲一篇「駢賦」。此段多用駢句，蓋便於鋪排，全段描述房屋、巨石、喬木、大海、山陵、虎豹、鯨鯢等爲颶風侵襲之情形，極盡夸張鋪飾，令人心折骨驚。其中「疑屏翳之赫怒，執陽侯而將戮」又用神話故事形容大風吹海之情形，極爲傳神（按「屏翳」，風神；「陽侯」，波神）。清・浦銑謂之爲「眞破膽驚人之語。」〔註 34〕此外，賦文下又以戰爭爲喻。「類鉅鹿之戰」以下四句，用隔句對一氣而下，以項羽鉅鹿之戰及劉秀昆陽之戰爲譬喻，極富形象性。此處脫胎於東坡〈灩澦堆賦〉及〈昆陽城賦〉之痕跡頗爲明顯。〔註 35〕而敍述個人驚心不安狀之「夜拊榻而九徙，晝命龜而

〔註 34〕見《復小齋賦話・上卷》，頁 53（《賦話六種》本）。

〔註 35〕可參閱本論文第三章「東坡辭賦之情志內涵」第一節「遊賞賦」、第二節「弔古賦」。

三卜」一聯，亦暗襲東坡之句。清・浦銑即云：

> 文章淵源，即句語亦有家法。東坡〈秋陽賦〉：「夜違濕而五遷，晝燎衣而三易。」叔黨〈颶風賦〉云：「夜拊榻而九徙，晝命龜而三卜。」〔註36〕

由此可見蘇過賦淵源之所自。下段描述颶風停止以後之情形，賦文云：

> 父老來唁，酒漿羅列。勞來僮僕，懼定而說。理草木之既偃，葺軒檻之已折。補茅屋之罅漏，塞牆垣之頹缺。
>
> 已而山林寂然，水波不興。動者自止，鳴者自停。湛天宇之蒼蒼，流孤月之熒熒。忽悟且歎，莫知所營。

此段之「靜」與「弛」，與前段之「動」與「張」，形成強烈對比。自首段至此，賦文描述初有颶風預兆至颶風停止，使人有極佳之臨場感，猶如親歷三日之颶風一般，行文句法極爲高妙。而最後兩句爽然而失，自慚窘懼，遂引出末段之議論，亦本賦借颶風言出眞意之所在。賦文云：

> 嗚呼！小大出於相形，憂喜因於所遇。昔之飄然者，若爲巨邪？吹萬不同，果足怖邪？蟻之緣也，噓則墜；蚋之集也，呵則舉。夫噓呵曾不能以振物，而施之二蟲則甚懼。
>
> 鵬水擊而三千，搏扶搖而九萬。彼視吾之惴慄，亦爾汝之相莞。均大塊之噫氣，奚巨細之足辨？陋耳目之不廣，爲外物之所戀。
>
> 且夫萬象起滅，衆怪耀炫，求髣髴於過耳，視空中之飛電。則向之所謂可懼者，實邪？虛邪？惜吾知之晚也。

本段爲議論，故大多爲散句，間有駢句亦流宕不羈。賦文開首「小大出於相形，憂喜因於所遇」二句，可謂一篇之警策，明確言出萬物之大小，皆因比較得之；而人之憂喜禍福，亦因以何種觀點視之而有所不同。颶風之於人，令人驚怖；人類之噓呵雖不足以振物，於蟻蚋則不異颶風也。物理如此，人情亦然，憂喜禍福，實不須芥蒂於胸也。

〔註36〕見同註34，頁56。

本段賦文主要乃援用《莊子・齊物論》中「齊物」、「相對」之道理，闡釋齊同物我之道理，進而在精神上進入物我兩忘、隨緣自適之境界。

按東坡自貶謫黃州之後，處境艱困，心情鬱悶，遂以釋道思想作為精神解脫之方式，逐步培養出隨遇而安、曠達自適之胸懷；貶居黃州期間所作〈赤壁賦〉，前半描述江山風月，末段則開出議論，以水、月「變」與「不變」相對之角度，闡論人生之價値，並以此自寬自解。小坡長期親炙乃父，不惟此等思想深受東坡影響，其作賦之形式亦多所模襲；〈颶風賦〉前半鋪述颶風情狀，末段則引出議論，其作法明顯自〈赤壁賦〉脫胎，而於困境中以齊物思想解脫精神之方式，內涵亦與〈赤壁賦〉關捩相同。蘇過於宋代即有「小坡」之稱號，其家法淵源清晰可見。

本賦融敍事、寫景、說理於一爐，確是宋代文賦體式，亦為東坡風格，「家法」之說，允為宜然。元・祝堯評此賦云：

> 小坡此賦尤為人膾炙，若夫文體之弊，乃當時所尚，然此賦前半篇猶是賦。若其〈思子臺賦〉則自首至尾，有韻之論耳！文意固不害其為精妙，而去六義之賦遠矣。〔註37〕

祝堯論賦以復古為尚，極力反對「以文為賦」及「以理入賦」，故對蘇過此賦之議論部份不予許可，惟仍對其鋪述颶風之部份贊賞有加。至若蘇過另一名篇〈思子臺賦〉通篇議論，故祝氏極不苟同，當詳後述。

蘇過於居嘉祐寺時，與東坡常遊附近之「松風亭」，故曾作〈松風亭詞〉一首，描述松風亭之景色，並引出貶居之心志。文首段云：

> 亂一水兮清泠，絕塵市兮郊坰。鬱松風之參差，忽飛構兮危亭。悲風來兮號滄溟，寒月出兮款户庭。聽萬籟兮發無形，感窮歲兮物彫零。簾舒卷兮度飛螢，白露下兮靄疏星。二江東來兮勢建瓴，千山右繞兮環翠屏。彼柴門兮晝常扃，

〔註37〕見《古賦辯體》卷8，「宋體」，〈颶風賦〉題下評語，頁827。

屏外物兮返視聽。〔註 38〕

本段敍述松風亭日、夜及四周之景色，采《楚辭》句法而有變化，有六、七、八言等句式，除第三句「鬱松風之參差」外，其餘各句均將「兮」字置於句中，且各句均押韻，大體爲柏梁體格，讀之輕快宛轉，敍景如畫。次段則因一己隨父貶謫，而居於如此荒遠之處，難免有游仙之思想，文云：

嗟世故之迫隘兮，夫何異於圄囹。幸此身之日遠兮，□可逃於天刑。望神仙其咫尺兮，想羽人於杳冥。或命駕以遨游兮，兹弭節而少停。友羣仙兮役萬靈，驂鸞鶴兮駕鳳軿。願執鞭兮展軨，愧凡骨兮羶腥。

因惠州接近羅浮山，傳說山中有仙人居之，蘇過與東坡曾往遊數次，東坡游羅浮山所作詩歌，即屢有求仙思想，蘇過當受其影響。本段賦文，句式又變，前八句采二句一韻之句式，綴「兮」字於奇句之末，多用七、六句式；末四句則以「七、七；六、六」之句式，又將「兮」字置於句中，並采柏梁體與前段呼應，句式極盡變化。加以文中言游仙之事，空靈虛幻，神思飄渺，可謂深得《楚辭》神髓。東坡嘗謂蘇過之辭賦「筆勢彷彿《離騷》經」，〔註 39〕於此似可窺見之。

游仙之事終屬空想，末段云既返回人世，則欲師法古代之賢聖，詞文云：

余師首陽之清德兮，超千古而猶馨。偉三閭之諒直兮，高眾人而獨醒。慕子房之明哲兮，學辟穀以引齡。嗚呼！雖九原之不可作兮，庶斯人以發硎。

由詞文觀之，欲師法伯夷、叔齊之「清德」（清高節操）；屈原之「諒直」（忠誠正直）；以及張良之「明哲」（淡泊功名）。由此可見蘇過品德之清高。

蘇過於惠、儋所作之辭賦，率皆與東坡有關，前述〈颶風賦〉及〈松風亭詞〉除自勵之外，細味之，當不無稱美東坡之意。

〔註 38〕見《斜川集校注》卷 1，頁 52。

〔註 39〕見東坡〈遊羅浮山一首示兒子過〉詩，可參見本章註 11。

二、詠史類——借詠史事，以古諷今

蘇過於惠州奉東坡之命作〈思子臺賦〉，就東坡序文觀之，雖曰少時見史經臣作此賦，心有戚戚焉，後因此賦亡佚，方命蘇過作補亡之篇，實乃欲借賦中漢武帝之多忌好殺，而寄託微意也。〔註 40〕

〈思子臺賦〉篇幅甚長，通篇雖騷散句式夾雜，惟皆在敘史事及議論，故祝堯謂其文意雖精妙，僅可稱爲有韻之論，並非賦體，對該賦甚不許可。按蘇過此賦大多用騷賦句式，就形式觀之，確係賦體；惟騷賦本主抒情，蘇過卻用之以議論，故祝堯方有「有韻之論耳」之譏評。

此賦行文流暢，議論滔滔，全無扞格蔽塞之處，允見叔黨才份之高超。前章嘗云東坡諸篇騷賦皆有「題材多樣，屢變舊格」之特色，蘇過之騷賦當亦受乃父之影響。

按漢武帝及晉惠帝均曾建「思子臺」，然初建者爲漢武帝，且該段史事之經過驚心動魄，故蘇過此賦乃以漢武帝爲主軸，再論及他人。

賦文分三層次，第一層次敍漢武帝建「思子臺」之史實；第二層次以秦始皇之好殺及晉惠帝之昏庸陪襯漢武帝；第三層次則全在議論，結出三君王皆「信讒而殺子，暱姦而敗國」及「嗜殺」之主題。

第一層賦文大多敘武帝建「思子臺」史實之始末，文長不具引；賦中對武帝之嗜殺多疑、聽信讒臣，已有批判，如賦文有句云：

> 弔漢武之暴怒兮，悼戾園之憫凶。聞父老之哀歎兮，猶有歸來望思之遺恫。
>
> 吁犬臺之讒頰兮，實咀毒而銜鋒。敗趙國於俛仰兮，又將覆劉氏之宗。
>
> 聞漢武之多忌兮，謂左右之皆戎。殺陽石而未厭兮，又瘞禍於宮中。忸君王之好殺兮，視人命猶昆蟲。死者幾何人兮，豈問骨肉與王公？惑狂傅之淺謀兮，不忍忿忿而殺充。

〔註 40〕東坡所撰〈思子臺賦引〉一文，可參見本論文第二章第二節「東坡集誤收辭賦及遺佚辭賦考述」。

上曾不鑒予之無聊兮，實有豕心！〔註 41〕

據《漢書·武五子傳》載，武帝末，巫蠱事起，帝令江充治之，充因與太子劉據有隙，遂誣於太子宮中掘得桐木人，是為巫蠱之證。時因武帝正以疾避暑甘泉宮，太子少傅石德勸太子殺充，以絕後患，太子乃矯詔發兵斬充，因而長安擾亂，皆言太子反，後武帝發兵圍太子，太子出亡至湖縣，為人所覺，自度不得脫乃自經而死。事後三老茂及田千秋上書為太子伸冤，武帝感寤，知太子冤死，遂族滅江充家，並為太子作「思子宮」，又於湖縣築「歸來望思之臺」。後至宣帝時，諡太子曰「戾」，故稱之為「戾太子」。〔註 42〕

由前引賦文觀之，雖以騷體句式敍漢武、戾太子及江充誣陷巫蠱事，然流暢自然。本段雖多敍故事，惟其中已略雜議論，如以「忸君王之好殺兮，視人命猶昆蟲。死者幾何人兮，豈問骨肉與王公？」等句，責備武帝。蓋巫蠱之禍時，帝令江充窮治，已有丞相公孫賀父子，陽石、諸邑兩公主，皇后弟子長平侯衛伉等坐誅。班固於〈武五子傳〉後評曰：「及巫蠱事起，京師流血，僵尸數萬。」可見其慘烈，故戾太子之死於非命，實亦非偶然，皆武帝多忌、信讒、好殺之故也。此數句議論，已為此賦最後之總論埋下伏筆。

賦文之第二層，跳脫漢武帝，先敍秦始皇好殺，不聽太子扶蘇之忠諫，及始皇死，扶蘇遂為李斯、趙高所殺。下又敍晉惠帝，因其昏庸無能，以致愍懷太子為賈后所殺，後雖仿效漢武立思子臺，已無法追回太子之命矣！賦文敘秦始皇及晉惠帝云：

> 昔秦之亡也，禍始於扶蘇。眇斯高之羸豕兮，視其君如乳虎。曾纊息之未定兮，乃敢探其穴而啗其雛。
>
> 在晉四世，有君不惠。孽婦晨雊，強王定制。惟愍懷之遭罹兮，實追縱於漢戾。顧孱后之何知兮，亦號呼於既逝。

〔註 41〕見《斜川集校注》卷 7，頁 456。

〔註 42〕《漢書·武五子傳》言巫蠱及戾太子事甚詳，可參見《漢書》卷 63，頁 700。

> 寫餘哀於江陵兮，發故臣之幽契。仍築臺以望思兮，蓋援武以自例。嗚呼噫噫！可弔而不可哂兮，亦各言其子也。

在敍述始皇、晉惠之後，再將漢武帝與二帝合評，賦文云：

> 彼茂陵之雄傑兮，係九戎而鞭百蠻。笑堯禹而陋湯武兮，蓋將與黃帝俱仙。
>
> 及其失道於幾微兮，狐鬼生於左臂。如嬰兒之未孩兮，易耳目而不知。甘泉咫尺而不通兮，與式乾其何異？既上配於秦皇兮，又下比於晉惠。君子是以知聖狂之本同，而聰明之不可恃也。

此段係以始皇、晉惠爲陪襯，主要仍在責難漢武帝，蓋武帝雖雄才大略，南征北討，堪稱雄主，惟好大喜功，極重刑誅，晚年尤昏暴，多疑好殺。故蘇過譏之云：「如嬰兒之未孩兮，易耳目而不知」，謂其心智渾噩如嬰兒，惟知聽信讒言也。

賦文第三層開始議論，句式亦逐漸散化，騷體賦之「兮」字皆已棄而不用，前半先總論秦皇、漢武、晉惠三君，賦文云：

> 覽觀古初，孰哲孰愚？皆知指笑乎前人，而莫知後之視予。方漢武之盛也，肯自比於驪山之朽骨，而況於金墉之獨夫乎？自今觀之，三后一律，皆以信讒而殺子，暱姦而敗國。各築臺以寄哀，信同名而齊實。彼昏庸者固不足告也，吾將以爲明主之龜策。

謂三君皆「信讒而殺子，暱姦而敗國。」（三后一律），雖於太子死後各築臺思之，已無補於事矣，後代之明主皆當引前事以爲龜鑑。〔註43〕

賦文第三層之後半段，以漢武爲主軸，總論君王不當嗜殺。賦文自前半段總評三君，句式已逐漸散化，本段則幾乎全以押韻之散文行之，已爲標準之文賦體式，賦文云：

> 自建元以來，張湯、主父偃之流，與兩丞相、三長史之徒，皆以無罪而夷滅，一言以就誅。曾無興哀於既往，一洗其無辜。獨於據也，悲歌慷慨、泣涕躊躇。嗚呼哀哉！莫有

〔註43〕按秦始皇無築思子臺事，此處係併同漢武帝、晉惠帝而泛言之。

> 以楚靈王之言告者曰：「人之愛其子也，亦如予乎？」
>
> 天道好還，以德爲符。惟孟德之鷙忍兮，亦嗜殺以爲娛。彼楊公之愛修兮，豈減吾之蒼舒。恨元化之不可作兮，然後知鼠輩之果無。同舐犢於晚歲兮，又何怨於老瞿？吾將以嗜殺爲戒也，故於末而并書。

此謂漢武帝於自已太子之卒，「悲歌慷慨、泣涕躊躇。」，對他人則「無罪而夷滅，一言以就誅。」絕無憐憫之心，嗜殺成習，毫無人性。蘇過爲求立論之謹嚴，又舉曹操幼子曹沖（蒼舒）病卒，操爲之流涕，因而悔殺華陀；惟於殺楊修則「嗜殺以爲爲娛」，毫不憐惜；不知楊修之老父亦有舐犢之哀也。

綜觀〈思子臺賦〉，係以漢武帝爲主軸，秦始皇、晉惠帝爲陪筆，敘君王昏殘、信讒而敗國之事；蘇過點出爲國君者，當以仁德治國，親賢臣而遠小人。此賦雖有爲老父抒發不平之鳴，洗刷冤曲之意，然惓惓忠君之心，亦頗濃烈，故賦末云「天道好還，以德爲符」，又云：「吾將以嗜殺爲戒也」，實寄意甚深。

小坡作此賦，正爲與乃父貶居惠州之時，又係奉父命而作，東坡之微意亦當在其中。舒大綱注此賦云：

> 彼時東坡遠貶惠州，悽愴憂憤，悵恨難平，命過繼作，蓋借他人酒杯以澆胸中之壘塊也。東坡懷才抱志，夙志致君堯舜，廓清天下。然運交華蓋，命與仇謀。……屢遭貶斥，竟至投畀嶺表，再逐蠻荒。新黨難容，舊黨不安，是皆佞臣小人所讒，「哲王又不寤」之故。命過繼作，實欲君王遙鑒既往，親賢臣而遠佞人也。〔註44〕

由上觀之，東坡雖遠謫嶺南，惓惓忠心並未稍減。此賦雖假蘇過之手爲之，實爲東坡心意。若與元祐間東坡所作之〈明君可與爲忠言賦〉並讀，東坡中心之深意可知矣。又清・浦銑云：

> 蘇叔黨〈思子臺賦〉，蓋坡翁命補亡史君彥輔篇也。正使坡翁自作，未必能過。觀其上援秦皇、下逮晉惠，又及夷滅

〔註44〕見《斜川集校注》卷7〈思子臺賦〉之注（一），頁458。

張湯、主父偃之流，孟德、楊公之事，波瀾愈闊，然去題稍遠矣。即結之曰：「吾將以嗜殺爲戒也，故於末而並書。」不獨賓主分明，抑亦律法精細。〔註45〕

由浦銑之言觀之，蘇過此賦後人評價頗高；不惟其內容而已，其章法結構、引申史事，以及書寫技巧等，皆有可觀者焉。

蘇過另一首詠史辭賦爲〈伏波將軍廟碑〉，此廟碑前大半爲散文，猶若「序」；後半則爲以騷體句式所寫之碑文。按明・徐師曾云：

碑實銘器，銘實碑文；其序則傳，其文則銘，此碑之體也。又碑之體主於敍事，其後漸以議論雜之，則非矣。……其主於敍事者爲正體，主於議論者爲變體，敍事而參之以議論者曰變而不失其正。〔註46〕

蘇過寫此碑文不采一般之銘體。且序文及碑之主文大多在議論，可謂變體之碑文矣。「議論」，固宋代風氣使然，恐亦與東坡「家法」及貶儋之遭遇有關。所謂「家法」何指？私意以爲，此文縱橫排奡，實脫胎於東坡〈潮州韓文公廟碑〉一文，叔黨模襲之痕跡俱在；而碑文內容雖在傷歎馬援遭遇，而實則暗寄東坡貶謫儋州心境，故此文深有託喻，非率爾爲之者也。

廟碑前之序文，一開首即議論，惟並未提及馬援，與〈潮州韓文公廟碑〉之作法極爲神似，文云：

功名與五福均，意其爲造物者所吝也。富貴之視貧賤，壽考之方疾夭，固懸絕矣。若夫建不朽之功名，銘之鼎彝，垂之竹帛，使百世之後，想見其遺風餘烈，則與夫沒世無聞者，蓋不可同年而語矣，得不爲造物者所吝乎？雖然，聖人罕言命，以爲言命則人事廢矣，然有不得不疑於造物者。〔註47〕

謂造物者吝惜將功名與五福同時予人，故有功名能名垂千古者，往往

〔註45〕見《復小齋賦話・下卷》，頁77（《賦話六種本》）。

〔註46〕見《文體明辨序説》頁102「碑文」（臺北大安出版社《文體序説三種》本）。

〔註47〕見《斜川集校注》卷7，頁468。

爲命運所困，而不能享其福壽，因此疑造物者之不公。此段議論實爲馬援而發，表面雖言其不幸之遭遇似爲造物者所造成，其實暗伏讒臣誣陷及人主之薄情，方爲有功大臣無法享其五福之眞正原因。此段議論亦隱約將東坡一再遭人誣陷而貶謫之原因託喻其中。

序之次段敍馬援功業，並議論其不幸遭遇，文中對伏波之遭讒及人主之薄情，再三致意，文有句云：

> 漢武帝之喜功，而李廣卒不封；光武之好士，而伏波竟以讒死。嗚呼！伏波亦長於慮患而智於出師矣，而壺頭一衄，讒人遂入其說，人主一信而不回，豈非命也夫？……且從光武定天下，功臣莫不有封，而伏波獨以讒奪；至永平圖形雲臺，而伏波乃以椒房之故不與，是命也夫？

按馬援佐光武中興，掃平群雄，南征百粵，誓言馬革裹屍，光武曾倚爲柱石。而壺頭一敗，光武竟惑於讒人姦言，生則削其權，死則奪其爵，薄情如此，眞使人不堪。蘇過此序文連用「伏波竟以讒死」、「讒人遂入其說」、「伏波獨以讒奪」等句，連續重出「讒」字，其鄙視、痛恨讒臣之意甚明。蓋君王之信讒、疑忌及薄情，方爲馬援遭遇不幸下場之最大原因。雖然，後人爲馬援立廟，至今香火不絕，得留其遺風餘烈於萬世，又可見造物者之無法困之也。故蘇過於獻碑文之前，又云：

> 哀將軍之身，見誣於千載之上；而歎將軍之澤，不斬於百世之後。豈彼造物者能困其人，而不能困其功名也耶？

謂馬援雖蒙一時之冤，終能留千載之名，較之榮顯於當時，身亡名沒或遺臭萬年者，玆又非其幸歟！

按東坡自仕宦以來，公忠體國，無論在朝或補外，率皆忠誠懇切，一心爲國。惟因讒人誣陷、朝臣嫉妒及君王薄情等原因，以致多次流放，既先遭貶於黃州、後又被逐於嶺南，此時又將遠謫儋耳，蘇過對乃父遭遇之傷痛可知；此次侍親遠行，於將渡海之時，借謁伏波將軍廟而寄慨，爲老父抒不平之氣，實亦宜然。

叔黨對於馬援雖見誣於當代，但能享百代之名，爲之慶幸，似又暗喻東坡雖受困於當代之昏君佞臣，但日後必能盡雪冤屈，留名千載也。

此碑文全以騷辭體寫成，議論兼及抒情，文極暢達，其中多用設問句，尤見蘇過心情之激動，茲引若干以觀，碑文云：

> 布天子之德澤兮，捨盟書而胥命。誓馬革以裹尸兮，敢鳶飛而告病？何薏苡以興讒兮，抱孤忠而不見省。昔樂毅之去燕兮，遭孱主之聽瑩。悲將軍之誰咎兮？死青蠅於主聖。……仰嘉名於千載兮，傷吾道之不競。功未錄而罪及兮，掩大德於一眚。維鴂舌之何知兮，獨忠義之所敬。走千里之粢盛兮，恃德刑於邪正。使斯民畏罪而不欺兮，猶將軍之威令。

碑文中如「何薏苡以興讒兮，抱孤忠而不見省」、「昔樂毅之去燕兮，遭孱主之聽瑩」、「悲將軍之誰咎兮，死青蠅於主聖」、「功未錄而罪及兮，掩大德於一眚」等句，又再批判君王之刻薄寡恩及奸佞進讒之可恨。「功未錄而罪及兮，掩大德於一眚！」非言東坡而為誰？小坡寄託之微意深矣。

三、寫志類——齊一萬物，安於島夷

哲宗紹聖四年（1097），蘇過侍父至儋耳，開始艱苦之生活。次年（元符元年），極具孝思之蘇過，為寬慰年已六十三歲之老父，乃撰長賦〈志隱〉一篇呈東坡，東坡覽之，甚為欣喜，心情頓然開朗，並嘗云：「吾可以安於島夷矣！」（見晁說之〈故宋通直郎眉山蘇叔黨墓誌銘〉，前已引）按東坡自「烏臺詩案」貶黃州以後，胸中早蘊有曠達開朗、隨緣自適之精神，並不因窮達而有所悲喜；惟見幼子頗能體念親心，孝思有加，且亦培養出超然物外、曠達不拘之胸懷，故不勝欣悅也。蘇過既有「小東坡」之稱，不惟詩、文、書、畫似東坡，其思想、胸襟、氣節亦可謂均甚似乃翁也。

宋徽宗政和六年（1116），蘇過四十五歲，距東坡病卒已約十五年，偶得〈志隱〉舊稿，悵然有懷，乃追作〈志隱跋〉一篇，此跋可看出蘇過當年作〈志隱〉之心境，跋文云：

> 昔余侍先君子居儋耳，丁年而往，二毛而歸。蓋嘗築室有終焉之志，遂賦〈志隱〉一篇，效昔人〈解嘲〉、〈賓戲〉之類，將以混得喪、忘羇旅，非特以自廣，且以爲老人之娛。先君子覽之，欣然嘉焉，逮今二十年矣。政和丙申來潁水，偶發書篋，得舊稿，悵然感歎。小兒籥在總角時，逮事先君子者，惜此篇久亡而今存，請書其事而藏之，庶幾不忘在莒云耳。〔註48〕

據蘇過此跋所云，〈志隱〉之作法，係模仿揚雄〈解嘲〉及班固〈賓戲〉；按揚、班二文（其實亦賦體），乃仿效東方朔〈答客難〉而來，皆屬「對問體」。此體可遠紹《楚辭》之〈卜居〉、〈漁父〉，宋玉〈對楚王問〉等。漢初枚乘之〈七發〉，亦屬此體。此體實乃自問自答，可借以表明心志，故後人仿之者頗多，唐・韓愈〈進學解〉可謂其尤者。東坡〈後杞菊賦〉亦采此法，惟東坡將篇幅縮短，作法創新，另有特色（已詳述於第三章第三節）。蘇過此賦則又仿漢人之作法，回歸古體，故篇幅極長，共1,119字，可謂洋洋大觀者也。

此賦共分三層，首層爲「客」之提問，次層爲「蘇子」之回答，兩大段均洋洋灑灑，字句繁多。而「蘇子」所答一段，則爲一篇之主旨。第三層極短，僅以客愧且歎曰：「吾淺之爲丈夫也！」一句結束，以完成問對之體式。

第一層「客」之提問，首先即云，萬物皆知擇善美之處而居之，人尤其如此，爲何蘇子能長居此瘴厲毒惡之地？賦文云：

> 天之生物，類聚羣分。蠢動飛走，不相奪倫，魚宅於淵，獸伏於榛。蠶之於冰，鼠之於焚。失其所則病，囚其性則存。且非獨蟲魚然也，楚之橘柚不植於燕代，晉之棗栗不繁於閩越。非天地之所私，繫物性之南北，況於人乎？……五嶺之南，夷獠雜居。天卑地濘，山盤水紆。惡溪肆流，毒霧蒸噓。晝避蝮虺，夜號鼪鼯。草木冬花，霖潦長濡。星隱於氣，日見於晡。故其民多重腿之病，寒熱中膚。非

〔註48〕見《斜川集校注》卷9，頁619。

> 耋而傴，非躄而扶。而儋耳者，又在二廣之南，南溟之中。其民卉服鼻飲，語言不通。狀若禽獸，既嚚且聾。海氣鬱雺，瘴煙溟濛。而子安之，豈亦有道乎？

「客」不待蘇子回答，隨即又激勵蘇子當努力仕進，求取功名，以免沒世而無聞焉。賦文云：

> 且夫君子之修身也，病沒世而無聞。故其躡屩而取卿相，脱輓輅而□（疑作「獲」）封君。季子從成而得印，范叔計行而專秦。相如進缶而趙重，毛遂奉盤而楚親。或刀筆以自奮，或干戈以策勳。脱穎者富貴，陸沈者賤貧。希揄揚於鼎彝，恥湮沒於埃塵。
>
> 古人有言：歲云暮矣，時不我與。如子之年，鳴鐘鼎食者多矣，曷亦有意於世乎？

按賦體文之「客」皆爲假設者，蘇過欲闡述一己居於島夷之隨適，以及對於名利之淡泊，故乃以答問體借客發問也。

「客」問之首段，自「五嶺之南」以下至「豈亦有道乎？」一大段，敍述嶺海各種環境之惡劣，此似在告知他人，其與乃父東坡所居之地，即如此蠻荒不毛之處也。此非一般人所能忍受之所在，父子二人已居之數年，實人間奇慘之事也。

「客」於次段則開導蘇子不應「病沒世而無聞」，並臚列虞卿、婁敬、蘇秦、范睢、藺相如、毛遂等人求富貴、享榮華之故事，激勵蘇過應早日仕進求官。

第二層爲「蘇子」就「客」之提問所作之回答，逐次解前段「客」之疑問，猶若韓愈〈進學解〉一文中，國子博士逐次解學生之疑惑然。惟昌黎係自反面言之以自我解嘲，實在自褒；而叔黨則以曠達之思想以自抒自解也。首先對「客」之偏見加以駁斥，賦文云：

> 蘇子曰：「噫！若客殆未達者耶？大塊之間，有生同之。喜怒哀樂，鉅細不遺。蟻蠭之君臣，蠻觸之雄雌。以我觀之，物何足疑？彭聃以寒暑爲朝暮，蟪蛄以春秋爲期頤。孰壽孰夭？孰欣孰悲？

> 況吾與子，好惡性習，一致同歸。寓此世間，美惡幾希。乃欲夸三晉而陋百粵，棄遠俗而鄙島夷，竊爲子不取也。子知魚之安於水也，而魚何擇夫河漢之與江湖？知獸之安於藪也，而獸何擇於雲夢之與孟諸？」

本段賦文係以《莊子‧齊物論》爲主意而發揮之，言物無大小，人無壽夭，凡事乃比較得之，故無欣無悲。並駁斥「客」所謂「夸三晉而陋百粵，棄遠俗而鄙島夷」之看法，蓋人皆惑於三晉之富足，不知百粵、儋耳亦神仙之所宅也；此亦〈齊物論〉中去「成心」觀念之發揮。蘇過以此觀點作爲精神之慰藉，是以雖居瘴海，亦能隨遇而安。以下再對「客」鄙視嶺海之蠻荒瘴厲，而加以駁斥，賦文云：

> 雖然，瘴厲之地，子不得其詳也。僕亦擇其可道者以釋子之惑。天地之氣，冬夏一律。物不凋瘁，生意靡息。冬絺夏葛，稻歲再熟。富者寡求，貧者易足。績藥爲衣，蓺根爲糧。鑄山煮海，國以富強。犀象珠玉，走於四方。士獨免於戰爭，民獨勉於農桑。其山川則清遠而秀絕，陵谷則縹緲而峬鬱。雖龍蛇之委蔵，亦神仙之所宅。吾蓋樂遊而忘返，豈特暖席之與黔突也哉！

極言嶺海環境之佳、風物之美、生活之富足，並云其爲「亦神仙之所宅」，令人「樂遊而忘返」。蘇過語雖稍涉誇張，但其胸中曠達自適，隨遇而安之精神，充分表露無遺。因有此種精神，故能將蠻荒瘴海視爲仙鄉，方能在儋耳極荒遠艱困之地安居生存，而不致於抑鬱糾結，死於貶所。東坡父子於儋耳能安居島夷，突破萬難，端賴此種精神力量也。

以下蘇子再對「客」所云人當求取功名，以免沒世而無聞之觀點回答之，賦文云：

> 若夫紆朱懷金，肥馬輕車，固人情之所欲得也，而況金石之傳，不朽之榮，爲主上布德澤於斯民，拊四夷而賓不庭。固非獨善其身，老死丘壑者所得擬也。
>
> 然功高則身危，名重則謗生。枉尋者見容，方枘者必憎。

而自古豪傑之士，有不能閭閻之窮，慨然有澄清之志，探虎穴，索驪珠，而得全者蓋無一二也。彼大人者，窅然觀之，顰蹙遠引，況以榮爲樂耶？

求取功名，傳之金石，固人情之欲得，然「功高則身危，名重則謗生」、「枉尋者見容，方枘者必憎」；仕途艱險，危機重重，正直之士常難容於奸佞，能得全者蓋少。蘇過於此語出激憤，將當時官場黑暗，奸佞當道，不容君子之政治環境，盡情揭露，痛快淋漓，蓋皆爲其父東坡抱屈而發者也。文末又以「探虎穴，索驪珠」喻伴君之危險，蓋亦因東坡之遭遇有激而云也。

以下蘇過復以「兔死狗烹」，喻君王之疑忌好殺，文云：

世非不知得士者昌，失士者危。然患難或可以共處，安逸或可以長辭。子胥不免於屬鏤，范蠡得計於鴟夷。蕭何縲囚於患失，留侯脫屣於先知。敵國亡而信烹，劉氏安而勃疑。故介推避祿於綿田，魯連辭賞於燕師。接輿長歌於鳳鳥，莊叟感慨於郊犧。僕無過人之才，固不足以自媒也。然馬之羈靮，鷹之韝紲，寒心久矣。方長鳴於冀北，睹皁棧而知懼。擊鮮肥於秋風，又何臠割之足顧哉？

以「患難或可以共處，安逸或可以長辭」兩句爲主意，道出「鳥盡弓藏，兔死狗烹」之意。並舉伍子胥、范蠡、蕭何、張良、韓信、周勃、介子推、魯仲連、接輿、莊周等人，或因貪戀功名而遭斬殺，或以甘於淡泊而得其天年等正、反面史事，滔滔汩汩，慷慨陳詞，最後以「僕無過人之才，固不足以自媒也。然馬之羈靮，鷹之韝紲，寒心久矣！」等極形象之譬喻作結論，令人聳然心驚！謂一己早已絕意功名也。此雖爲叔黨自言，其實乃對忠而遭謗、受盡迫害之東坡而發者，微意深矣。

因對政治之恐懼，故蘇過對於能置身遐荒，棲身隱退，遠離官場，爲「天下之至樂」。故賦文末段又告「客」云：

蓋嘗聞養生之粗也，今置身於遐荒，如有物之初。余逃空谷之寂寥，眷此世而愈疏。追赤松於渺茫，想神仙於有無，此天下之至樂也。而子期我以世人，污我於泥涂。貪千仞之轂，輕隋侯之珠。子以爲巧，我知其愚。

賦文中清楚表達蘇過心境超然、遠離仕途，安於島夷之胸懷。本賦名曰〈志隱〉，亦可見小坡心志之所向矣。

〈志隱〉蘇子答「客」之一大段文字，雄辯滔滔，敘述蘇過心境及志節，實乃合父子二人言之，故〈志隱跋〉有「非特以自廣，且以爲老人之娛」之言，無怪東坡覽此文後，不惟「欣然嘉焉」，且有「吾可以安於島夷矣」之言。

今人舒大剛注〈志隱〉，有云：

> 考《志隱》之作，上宗莊周之齊物，下衍東坡之曠達，滔滔汩汩，博辯無礙。夫天地之間，物各有數，小不企大，夭不羨壽，勝固欣然，敗亦何妨。君子之處世也，進則致君堯舜，兼利天下，退則閉門卻掃，獨善其身。至若逃空谷，追赤松，則又進退失據者之所樂也。焉知處暇荒、安島夷，而非遷客逐臣之所幸乎？叔黨之論，庶可謂達矣。〔註49〕

舒氏闡述〈志隱〉賦旨，頗有所得，對於蘇過超然物外，安於島夷之心境言之極明，可為註腳。

以上將蘇過於惠、儋所作之五首辭賦，略作析評，可看出此五首辭賦不惟可表現其心境之所在，亦有助於吾人更了解東坡於嶺海之生活及思想狀態。又此五首辭賦之內涵、形式均佳，雖僅寥寥數篇，已大致包含古賦、騷賦、騷辭、文賦、駢賦等諸多體式，其〈颶風賦〉、〈思子臺賦〉、〈志隱〉於宋代即傳誦一時，誠不爲偶然。故蘇過之辭賦，無論於宋代或於整個辭賦流變史中，均可高置一席無愧也。

〔註49〕見《斜川集校注》〈志隱〉注（一），頁481。

第六章　結　論

辭賦文學，於各體類文學之研究中，係屬較冷僻之領域。其實辭賦文學自屈、宋發軔之後，於漢代逐漸形成輝煌一代之文學。惟諸多人以爲自漢代之後，辭賦即失去其主流地位而逐漸式微，殊不知辭賦始終傍隨時代之演進而流變，一則發揮先導功能，引領其他文類發展；一則與主流文學互相影響、滲透，在內涵及形式方面，展現新風貌。

魏、晉、六朝，因對偶說及聲律說之興起，文學觀念趨於惟美，因此逐漸產生所謂之駢賦。唐代因科舉之需要，又發展出律賦，並延伸至宋代而不衰，北宋進士孫何嘗論律賦云：

> 惟詩賦之制，非學優才高不能當也。...觀其命句，可以見學殖之淺深；即其構思，可以覘器業之大小。窮體物之妙，極緣情之旨。識春秋之富豔，洞詩人之麗則。〔註1〕

觀上文可知，律賦於唐、宋文臣學問之養成、思想之辨析與寫作之培育，影響甚大，由北宋科考產生諸多時宰名臣，即可得知。

自唐代古文運動興起，辭賦有逐漸散化之趨勢，並雜入議論。比至宋代，因古文運動之成熟，加以宋人尚理、好議論之風氣，遂發展

〔註1〕見宋・沈作喆《寓簡》，據《四六叢話》頁 100 引。（臺北世界書局本）

出所謂之文賦。至於所謂漢代之古賦、仿《楚辭》之騷辭，以及由騷辭發展出之騷體賦，事實上代有作者，不絕如縷。

由是可知，辭賦始終依隨各時代發展，並融入各時代之特色。故辭賦有其獨立發展之過程，以文學發展之角度而言，辭賦實應有其重要之地位。事實上，辭賦對其他文類多有影響，如詩、詞、散文、小說等，均有辭賦融入之痕跡。

宋代各種文體均發達，且喜互相滲透，即所謂之「破體」，「破體」雖或不合原文體之「本色」，惟可死中求活，將某種文體發展出新風貌，而有特殊之風采。宋代各體賦均發達，且均羼入宋代文風之特質；惟最能代表宋賦特色，將賦體文學走出新路者，厥爲文賦。元代祝堯於《古賦辯體》一書，譏評宋代文賦係「一片之文但押幾個韻爾」，實泥古甚深，識見狹隘。以歐公、東坡之才學，豈不知辭賦爲何物，其〈秋聲賦〉、〈赤壁賦〉等皆以「賦」名篇，是視其爲賦矣。故祝氏批評文賦之諸多缺點，實即文賦之特點，否則師法漢賦仿之而作，即可謂之「漢賦」耶？

宋代辭賦作品量多，亦有特色，惟研究者較少。欲研究宋代辭賦，自蘇軾入手，當爲可行之途徑，因其作品量多質精，眾體皆備，且多創新格，謂其爲宋代辭賦家之代表，絕不爲過。筆者於本論文第一章「緒論」之第一節中，將研究之目的敘述甚明，今茲將研究之所得總結如下。

筆者研究東坡之辭賦，係自考據、義理、辭章三角度著手。考據爲研究之根本，自宜先爲之，經搜檢東坡有關文集、詩集及相關總集等，去其重複，並將誤收、誤題之辭賦剔除，實得東坡騷辭體作品13 篇、以賦爲名之作品 25 篇，另輯得佚賦一首，錄供參考。

本論文之副題爲東坡幼子蘇過辭賦之研究，因蘇過自小即隨東坡宦遊，東坡貶於惠、儋期間，蘇過始終隨侍，尤其於儋州期間，僅蘇過一人隨行，故蘇過受其父影響最深，亦最了解東坡。蘇過共作有五篇辭賦，計惠州三首、渡海至儋州前於雷州一首、儋州一首。其中作於惠州之〈颶風賦〉及〈思子臺賦〉，諸多版本均收入東坡文集，以爲係東坡之作品，借此考證之機會，不僅將東坡辭賦完成辨僞工作，亦將蘇過辭賦還原。蘇過辭賦作品以往無人注意及〈松風亭詞〉，因其收於詩卷中；亦無人注意及〈伏波將軍廟碑〉，蓋其未以辭賦名篇也，實則此二篇均爲仿《離騷》之騷辭體，自可以辭賦視之。蘇過自宋代即有「小坡」、「小東坡」之稱號，其思想、個性、詩文風格，均極似乃父；其作於惠、儋之五首辭賦，事實上可謂東坡之代言人。故研究蘇過之辭賦，有助於了解東坡居於惠、儋時期之生活、思想及心境，亦可爲蘇過於宋代辭賦史定一地位。

欲研究詩、文等作品，編年爲極重要之工作，辭賦亦然。東坡辭賦之編年，諸家年譜及注本並不周全，有未編者、有誤編者、有兩說者。筆者據宋人三種年譜（施宿、王宗稷、傅藻）、清・王文誥《蘇文忠公詩編註集成・總案》、今人孔凡禮《蘇軾年譜》，旁及二蘇兄弟編年詩，東坡集中之文章、尺牘、題跋，以及其他相關年譜、宋人別集、筆記等，爲之詳考編年，信尚能得其實也。蘇過之五首辭賦，今本《斜川集校注》已考證詳盡無誤，茲全從之。

其次爲義理部份，即所謂東坡辭賦之情志內涵，東坡辭賦題材眾多，內涵深廣。茲以研讀所得，將其辭賦概分爲遊賞、弔古、詠物、寓言、養生、飲食、詠酒、治道等八類，就其文本，以時代背景爲經，相關詩、文、史料等爲緯，探其辭賦中所表現之哲理、史評、思想、心境、寄託、養生方法、治道理念等。

其中如遊賞賦借遊赤壁委婉思君，抒發貶謫情懷，並言出「蓋將自其變者而觀之，則天地曾不能以一瞬；自其不變者而觀之，則物與我皆無盡也。」之千古哲理。其弔古賦對屈原之中肯評論，可謂千古定評；而對嚴尤之事奉闇主，更發出人才淪沒之歎息。而其〈黠鼠賦〉開拓以寓言爲賦之先河，尤屬辭賦題材及作法之一大突破。又如其治道諸賦之正確政治理念，以及忠誠懇切之心意，讀之令人動容。其他如詠物、飲食、詠酒等賦，或敘心境、或論人生、或有寄託、或發議論，率皆有謂而作，非無病呻吟者。故東坡辭賦之情志內涵極爲豐富，尤其在題材開拓方面，不拘泥於舊有之範圍，無事不可入賦，尤具發展意義。

其次爲辭章部份，即所謂其辭賦之藝術特色。按辭賦因體裁之不同，騷辭、騷賦、古賦、駢賦、律賦、文賦，皆各有其作法及風格。東坡之辭賦，眾體皆備，一因其才高學博、思想靈動；次因北宋大環境之濡染，故其各體辭賦，均能突破舊規，不泥於古。若以其騷賦論之，則題材多樣，屢變前人舊格；以其騷辭論之，則雖脫胎《楚辭》，然能另闢新境；以其古賦論之，則師法古體，力求新變；以其駢賦論之，雖儷對精美，用事繁多，惟並無「繁華損枝，膏腴害骨」〔註2〕之病；以其律賦論之，則偭唐人規矩，別開門徑；以其文賦論之，則句式散化，情理兼融，爲辭賦開出一派新路。

要之，其所作辭賦，句式靈活多變、譬喻生動巧妙、結構新穎不凡、議論滔滔汩汩、用事貼切精妙，藝術技巧極高。而其對賦體文學最大之貢獻，即著力於文賦之創作，使賦體解放。其〈赤壁賦〉、〈後赤壁賦〉、〈黠鼠賦〉、〈秋陽賦〉及〈天慶觀乳泉賦〉等，不僅爲辭賦傳世名篇，亦爲宋代文賦，奠下發展之基礎。

今人錢鍾書氏曾爲 Le Gros Clark 氏所譯東坡賦之英譯本撰序，據大陸學者王依民氏翻譯錢序後，轉述其言云：

> 他稱東坡是寫賦的大家聖手，使賦變成了至今依然壯觀的嶄新文體。他特別贊許蘇賦的革新意義，拋棄了舊賦家慣於向讀者炫耀的靡麗繁豔，把庾信以來駢四儷六的僵硬的律賦改造成富於彈性的散賦。正是在這個意義上，錢先生稱讚蘇賦超過蘇軾在其他藝術門類的貢獻，是文學史上的一大奇蹟。〔註3〕

〔註2〕見《文心雕龍．詮賦》，據周振甫《文心雕龍注釋》，頁 81（北京人民文學出版社）。

〔註3〕見〈關於蘇東坡賦英譯本的錢序〉一文，《讀書》1995 年第 3 期。按王依民所云：「把庾信以來駢四儷六的僵硬的律賦改造成富於彈性的

由此可知，東坡對於文賦之貢獻，乃世人所公認者。東坡之文賦，句式散化、平淡自然、用韻自由；內容常融敘事、抒情、寫景、議論於一爐，爲賦體文學開出新路，實可謂錢鍾書氏所稱之奇蹟也。

本論文因蘇過之辭賦曾受東坡指導，且又均作於嶺海時期，故順帶研究之。蘇過爲人篤於孝思，於惠州奉東坡之命作〈颶風賦〉及〈思子臺賦〉，不惟辭章汪洋宏肆，內容亦均有寄意。渡海赴儋州前於雷州徐聞渡所作之〈伏波將軍廟碑〉，借詠史爲老父抒不平之氣，諍諍直言，令人感動。於儋州所作之〈志隱〉，以《莊子》齊物之思想寬慰老父，使東坡更加欣慰曠達，隨緣自適而能安居島夷。東坡有子如此，可無憾矣。蘇過之辭賦，以往因《斜川集》流傳不廣，後人知之未詳，今本論文於研究東坡辭賦時，順帶兼論其辭賦作品，信將可彰顯其文學地位矣。

散賦」，其所用「律賦」一詞，當泛指六朝「駢賦」及唐、宋「律賦」而言。

又按：1935 年，Le Gros Clark 氏（一般譯作「李高潔」，國籍不詳），曾譯蘇軾賦 23 篇爲英文，名《蘇東坡之賦》，於上海印行，注釋詳盡，並附中文；1963 年，紐約 Panagon 有再版。（以上可參見王依民文；何沛雄《讀賦拾零》，《賦話六種》頁 155；以及葉幼明《辭賦通論》頁 164）。

參考書目

一、蘇軾暨蘇過詩、文、詞集

1. 《東坡七集》，宋・蘇軾撰，《四部備要》本（據清・端方寶華盦刊本）。
2. 《東坡全集》，宋・蘇軾撰，文淵閣《四庫全書》本（據清・蔡士英刊本）。
3. 《蘇軾文集》（原名《蘇文忠公全集》），明・茅維刊本，孔凡禮點校，北京：中華書局，1996 年 2 月。
4. 《蘇軾佚文彙編》（附《蘇軾文集》後），孔凡禮編，北京：中華書局，1996 年 2 月。
5. 《蘇東坡全集》，馬德富等注，北京：燕山出版社，1998 年 10 月。
6. 《增刊校正百家註東坡先生詩》，宋・王十朋纂集，《四部叢刊初編》景宋刊本。
7. 《東坡詩集注》，（舊題）宋・王十朋注，文淵閣《四庫全書》本。
8. 《東坡詩集合注》（原名《蘇文忠公詩合注》），清・馮應榴輯注，黃任軻、朱懷春點校，上海：上海古籍出版社，2001 年 6 月。
9. 《蘇軾詩集》（原名《蘇文忠公詩編註集成》），清・王文誥輯注，孔凡禮點校，北京：中華書局，1999 年 10 月。

10. 《經進東坡文集事略》，宋・郎曄編注，《四部叢刊初編》景宋刊本。
11. 《校正經進東坡文集事略》，宋・郎曄編注，龐石帚點校，臺北：世界書局。
12. 《蘇文奇賞》，明・陳仁錫選評，《四庫全書存目叢書》（明崇禎四年刻本），臺南：莊嚴文化事業有限公司，1997 年 6 月。
13. 《東坡養生集》，清・王如錫輯，《四庫全書存目叢書》（明崇禎七年刻本），臺南：莊嚴文化事業有限公司，1997 年 6 月。
14. 《東坡先生全集錄》（《唐宋十大家全集錄》之一），清・儲欣輯，《四庫全書存目叢書》（清康熙刻本），臺南：莊嚴文化事業有限公司，1997 年 6 月。
15. 《東坡賦譯注》，孫民著，成都：巴蜀書社，1995 年 5 月。
16. 《蘇軾散文精選》，王水照、聶安福選注，上海：東方出版中心，1998 年 5 月。
17. 《蘇軾選集》，王水照選注，上海：上海古籍出版社，1999 年 5 月。
18. 《東坡詞編年箋證》，薛瑞生箋證，西安：三秦出版社，1998 年 9 月。
19. 《蘇東坡詞》，曹樹銘校編，臺北：商務印書館，2002 年 9 月。
20. 《東坡詞編年校注》，鄒同慶、王宗堂著，北京：中華書局，2002 年 9 月。
21. 《東坡樂府編年箋注》，石聲淮、唐玲玲箋注，臺北：華正書局，民國 84 年 9 月。
22. 《斜川集校注》，舒大剛、蔣宗許、李家生、李良生等校注，成都：巴蜀書社，1996 年 12 月。

二、蘇軾暨蘇過年譜、傳記

1. 《東坡先生年譜》，宋・施宿編撰。
   （1）收入《蘇軾資料彙編・下編》，北京：中華書局，1994 年 4 月。
   （2）王水照《蘇軾選集・附錄》，上海：上海古籍出版社，1995 年 5 月。

2. 《東坡先生年譜》，宋・王宗稷編。

（1）《東坡七集》卷前附，《四部備要》本。

（2）收入《蘇軾資料彙編・下編》，北京：中華書局 1994 年 4 月。

3. 《東坡紀年錄》宋・傅藻編。

（1）《增刊校正百家註東坡先生詩》卷前附，《四部叢刊初編》本。

（2）收入《蘇軾資料彙編・下編》，北京：中華書局，1994 年 4 月。

4. 《蘇文忠公詩編註集成總案》，清・王文誥撰，臺北：學生書局景嘉慶 24 年武林韻山堂本，民國 76 年 10 月。

5. 《蘇軾年譜》，孔凡禮撰，北京：中華書局，1998 年 2 月。

6. 《蘇過年表》，舒大剛撰，《斜川集校注・附錄》，成都：巴蜀書社，1996 年 12 月。

7. 《蘇過年譜》，舒大剛撰，《北宋文學家年譜》本，臺北：文津出版社，1999.6。

8. 〈亡兄子瞻端明墓誌銘〉，宋・蘇轍撰，收入《欒城後集》，北京：中華書局，1999 年 7 月。

9. 《宋史・蘇軾傳》，元・脫脫撰，臺北：鼎文書局，民國 69 年 5 月。

10. 《蘇東坡傳》，林語堂原著，宋碧雲譯，臺北：遠景出版社，民國 67 年 9 月。

11. 《蘇軾》，王水照著，臺北：萬卷樓圖書有限公司，民國 82 年 1 月。

12. 《放逐與回歸》，洪亮著，南昌：百花洲文藝出版社，1993 年 12 月。

13. 《三蘇傳——理想與現實》，曾棗莊著，臺北：學海出版社，1996 年 6 月。

14. 《蘇東坡新傳》，李一冰著，臺北：聯經事業出版公司，1998 年 7 月。

15. 《蘇軾傳》，王水照、崔銘著，天津：天津人民出版社，2000

年 1 月。

16.〈宋故通直郎眉山蘇叔黨墓誌銘〉宋・晁説之撰，收入《景迂生集》，文淵閣《四庫全書》本。

17. 《宋史・蘇軾傳》附《蘇過傳》，元・脱脱撰，臺北：鼎文書局，民國 69 年 5 月。

三、辭賦類著述

（一）賦　話

1. 《古賦辯體》，元・祝堯撰，文淵閣《四庫全書》本。
2. 《騷賦論》，清・程廷祚著，收入《中國歷代文論選》，上海古籍出版社，1996 年 3 月。
3. 《復小齋賦話》，清・浦銑著，《賦話六種》本，香港：三聯書店，1982 年 12 月。
4. 《四六叢話》，清・孫梅撰，臺北：世界書局排印本，民國 73 年 9 月。
5. 《雨村賦話校證》，清・李調元原著，詹杭倫、沈時蓉校證，臺北：新文豐出版公司，民國 82 年 6 月。
6. 《讀賦卮言》，清・王芑孫著，《賦話六種》本，香港：三聯書店，1982 年 12 月。
7. 《賦品》，清・魏謙升著，《賦話六種》本，香港：三聯書店，1982 年 12 月。
8. 《賦概》，清・劉熙載著，《賦話六種》本，香港：三聯書店，1982 年 12 月。
9. 《中國歷代賦學曲學論著選》，陳良運主編，南昌：百花洲文藝出版社，2002 年 4 月。
10. 《選堂賦話》，饒宗頤著，《賦話六種》本，香港：三聯書店，1982 年 12 月。
11. 《讀賦拾零》，何沛雄著，《賦話六種》本，香港：三聯書店，1982 年 12 月。

（二）賦　史

12. 《辭賦學綱要》，陳去病著，臺北：文海出版社，民國 60 年 7

月。

13. 《賦史述略》，高光復著，長春：東北師範大學出版社，1987年3月。
14. 《賦史大要》，日本・鈴木虎雄著，殷石臞譯，臺北：正中書局，民國81年10月。
15. 《中國辭賦流變史》，李曰剛著，臺北：國立編譯館，民國86年7月。
16. 《賦史》，馬積高著，上海：上海古籍出版社，1987年7月初版（1998.9二版）。
17. 《中國辭賦發展史》，郭維森、許結著，南京：江蘇教育出版社，1996年8月。
18. 《賦——時代投影與體製演變》，徐慶元著，桂林：廣西師範大學出版社，2000年1月。

（三）一般辭賦論著

19. 《漢賦之史的研究》，陶秋英著，臺北：新文豐出版公司，民國69年2月。
20. 《賦學》，張正體、張婷婷著，臺北：學生書局，民國71年8月。
21. 《漢賦研究》，龔克昌著，濟南：山東文藝出版社，1987年3月。
22. 《辭賦通論》，葉幼明著，長沙：湖南教育出版社，1991年5月。
23. 《漢賦史論》，簡宗梧著，臺北：東大圖書公司，民國82年5月。
24. 《楚辭綜論》，徐志嘯著，臺北：東大圖書公司，民國83年6月。
25. 《楚辭語法研究》，廖序東著，北京：語文出版社，1996年9月。
26. 《屈辭體研究》，黃鳳顯著，長沙：湖南人民出版社，1997年9月。
27. 《賦與駢文》，簡宗梧著，臺北：臺灣書店，民國87年10月。

28. 《賦學概論》，曹明綱著，上海：上海古籍出版社，1998 年 11 月。
29. 《科舉考試文體論稿——律賦與八股文》，鄺健行著，臺北：臺灣書店，民國 88 年 5 月。
30. 《辭賦散論》，何新文著，北京：東方出版社，2000 年 1 月。
31. 《辭賦論叢》，洪順隆著，臺北：文津出版社，2000 年 9 月。
32. 《建安辭賦之傳承與拓新》，廖國棟著，臺北：文津出版社，2000 年 9 月。
33. 《歷代辭賦研究資料概述》，馬積高著，北京：中華書局，2001 年 4 月。
34. 《律賦論稿》，尹占華著，成都：巴蜀書社，2001 年 5 月。
35. 《中國賦學歷史與批評》，許結著，南京：江蘇教育出版社，2001 年 7 月。
36. 《宋人賦論及作品散論》，何玉蘭著，成都：巴蜀書社，2002 年 1 月。
37. 《清代賦論研究》，詹杭倫著，臺北：學生書局，2002 年 2 月。
38. 《詩賦合論稿》，鄺健行著，南京：江蘇古籍出版社，2002 年 4 月。
39. 《中國辭賦研究》龔克昌著，濟南：山東大學出版社，2003 年 11 月。
40. 《屈騷探幽》，趙逵夫著，成都：巴蜀書社，2004 年 4 月。
41. 《詩賦文體及源流新探》，韓高年著，成都：巴蜀書社，2004 年 8 月。
42. 《歷代賦鑒賞辭典》，霍旭東編，合肥：安徽文藝出版社，1992 年 8 月。
43. 《歷代賦辭典》，遲文浚、許志剛、宋緒連著，瀋陽：遼寧人民出版社，1992 年 8 月。
44. 《辭賦大辭典》，霍松林主編，南京：江蘇古籍出版社，1996 年 5 月。
45. 《新亞學術集刊》第 13 期（《第二屆國際辭賦學學術研討會論文集》），香港：中文大學主編，1994。

46. 《第三屆國際辭賦學學術研討會論文集》，臺北：政治大學文學院編，1996 年 12 月。

47. 《辭賦文學論集》(《第四屆國際辭賦學學術研討會論文集》)，南京大學中文系主編，南京：江蘇教育出版社，1999 年 12 月。

（四）辭賦別集、總集

48. 《楚辭章句》，漢・王逸撰，《四部備要本》。

49. 《楚辭補注》，宋・洪興祖撰，《四部叢刊初編》本。

50. 《楚辭集注》，宋・朱熹注，臺北：藝文印書館，民國 56 年 3 月。

51. 《屈原集校注》，金開誠、董洪利、高路明著，北京：中華書局，1996 年 8 月。

52. 《楚辭直解》，陳子展撰述，上海：復旦大學出版社，1997 年 3 月。

53. 《屈原賦今譯》，姜亮夫著，昆明：雲南人民出版社，1999 年 11 月。

54. 《全漢賦》，費振剛、胡雙寶、宗明華輯校，北京：北京大學出版社，1993 年 4 月。

55. 《歷代賦楷》，清・王修玉選，《四庫全書存目叢書》(清康熙刻本)，臺南：莊嚴文化事業有限公司，1997 年 6 月。

56. 《御定歷代賦彙》，清・陳元龍編，日本：中文出版社景康熙 45 年刊本，1974 年 3 月。

57. 《御定歷代賦彙》，清・陳元龍編，南京：鳳凰出版社景光緒雙梧書屋俞樾校本，2004 年 6 月。

58. 《歷代名賦選》，宋安華選注，鄭州：黃河文藝出版社，1988 年 4 月。

59. 《中國歷代賦選》，尹賽夫、吳坤定、趙乃增選注，太原：山西人民出版社，1990 年 3 月。

60. 《歷代辭賦選》，劉禎祥、李芳晨選注，長沙：湖南文藝出版社，1991 年 8 月。

61. 《賦選注》，傅隸樸選注，臺北：正中書局，民國 81 年 12 月。

62. 《歷代名賦譯釋》，田兆民主編，哈爾濱：黑龍江人民出版社，1995 年 6 月。

63. 《歷代抒情小賦品匯》，惠淇源著，合肥：安徽教育出版社，1995 年 10 月。

64. 《中國歷代辭賦選（唐宋卷）》，畢萬忱、何沛雄、洪順隆選，南京：江蘇教育出版社，1996 年 9 月。

65. 《歷代賦譯釋》，李暉、于非編著，哈爾濱：黑龍江人民出版社，1997 年 1 月。

66. 《千家賦》，金元浦主編、鍾濤選評，太原：山西人民出版社，1998 年 9 月。

67. 《歷代賦廣選、新注、集評》，曲德來、遲文浚、冷衛國主編，瀋陽：遼寧人民出版社，2001 年 1 月。

68. 《楚辭流——歷代騷體詩選》，周殿富選注，長春：吉林人民出版社，2003 年 1 月。

69. 《名賦百篇評注》，張崇琛主編，西安：三秦出版社，2003 年 10 月。

70. 《騷體詩選》，李金善、張佳祺選注，保定：河北大學出版社，2004 年 5 月。

71. 《程千帆推薦古代辭賦》，曹虹、程章燦注釋，揚州：廣陵書社，2004 年 11 月。

（五）學位論文

72. 《庾信生平及其賦之研究》，許東海著，政大中文碩論，（文史哲出版，民國 73 年 9 月）。

73. 《蘇軾歐陽脩辭賦比較研究》，陳韻竹撰，政大中文碩論（文史哲出版，民國 75 年 9 月）。

74. 《蘇軾辭賦研究》，朴孝錫撰，東海中文碩論，民國 78 年 5 月。

75. 《魏晉詠物賦研究》，廖國棟撰，政大中文博論，（文史哲出版，民國 79 年 10 月）。

76. 《宋代散文賦研究》，李瓊英撰，師大國文碩論，民國 80 年 6 月。

77. 《唐律賦研究》，馬寶蓮撰，文化中文博論，民國 82 年 7 月。
78. 《初唐賦研究》，白承錫撰，政大中文博論，民國 83。
79. 《祝堯古賦辯體研究》，游適宏撰，政大中文碩論，民國 83 年。
80. 《漢代散體賦研究》，陳姿蓉撰，政大中文博論，民國 85 年 7 月。
81. 《漢代騷體賦研究》，王學玲撰，中央中文碩論，民國 85 年 9 月。
82. 《唐代古賦研究》陳成文撰，政大中文博論，民國 87 年 10 月。
83. 《六朝駢賦研究》黃水雲撰，文化中文博論，（文津出版，民國 88 年 10 月）。
84. 《由拒唐到學唐——元明清賦論趨向考察》，游適宏撰，政大中文博論，民國 90 年 2 月。
85. 《六朝賦論之創作理論與審美理論》（原名《六朝賦論研究》），李翠瑛著，政大中文博論，（萬卷樓出版，民國 91 年 1 月）。
86. 《北宋詠物賦研究》，林天祥著，香港珠海中文博論，（萬卷樓出版，2004 年 11 月）。
87. 《蘇過斜川集研究》，楊景琦著，文化中文博論 2006 年 1 月（文津出版，2007 年 3 月）。

四、經、史、子部

1. 《詩經集注》，宋・朱熹撰，臺南：北一出版社，民國 62 年 4 月。
2. 《周禮注疏》，漢・鄭玄注，唐・賈公彥疏，臺北：藝文印書館十三經注疏本。
3. 《史記會注考證》，日本・瀧川龜太郎著，臺北：宏業書局，民國 63 年 9 月。
4. 《漢書》，漢・班固撰唐・顏師古注，臺北：宏業書局，民國 61 年 11 月。
5. 《三國志》，晉・陳壽撰，（南朝）宋・裴松之注，《四部備要》本。

6. 《烏臺詩案》，宋・朋九萬編，《蘇軾資料彙編・上編》本，北京：中華書局，1994 年 4 月。
7. 《宋人年譜集目》，吳洪澤編，成都：巴蜀書社，1995 年 9 月。
8. 《宋文六大家活動編年》，洪本健著，上海：華東師範大學出版社，1996 年 6 月。
9. 《蘇洵年譜》，曾棗莊著，《北宋文學家年譜》本，臺北：文津出版社，1999 年 6 月。
10. 《蘇潁濱年表》，宋・孫汝聽撰，《蘇轍集》附錄，北京：中華書局，1999 年 7 月。
11. 《蘇轍年譜》，曾棗莊著，《北宋文學家年譜》本，臺北：文津出版社，1999 年 6 月。
12. 《蘇轍年譜》，孔凡禮著，北京：學苑出版社，2001 年 6 月。
13. 《中國歷代地名要覽》，日本・青山定雄編，臺北：洪氏出版社，民國 64 年 2 月。
14. 《中國歷史地圖集》（宋遼金時期），譚其驤主編，臺北：曉園出版社，1992 年 2 月。
15. 《實用中國地圖冊》，歐陽明、康鋒、魏淑鋒編，西安：西安地圖出版社，2005 年 1 月。
16. 《郡齋讀書志》，宋・晁公武撰，臺北：廣文書局。
17. 《直齋書錄解題》，宋・陳振孫撰，臺北：廣文書局。
18. 《四庫全書總目》，清・永瑢、紀昀等撰，王伯祥斷句，北京：中華書局，1995 年 4 月。
19. 《四庫簡明目錄》，清・永瑢、紀昀等撰，臺北：商務印書館，民國 72 年 10 月。
20. 《現存宋人著述總錄》，劉琳、沈怡宏編著，成都：巴蜀書社，1995 年 8 月。
21. 《宋人別集敘錄》，祝尚書著，北京：中華書局，1999 年 11 月。
22. 《莊子集釋》，清・郭慶藩輯，中國學術名著叢刊點校本。
23. 《莊子今注今譯》，陳鼓應注譯，臺北：商務印書館，1994 年 10 月。

24. 《世說新語校箋》，楊勇著，臺北：宏業書局，民國 61 年 11 月。
25. 《師友談紀》，宋・李廌撰，文淵閣《四庫全書》本。
26. 《春渚紀聞》，宋・何薳撰，《蘇軾資料彙編・上編》，北京：中華書局，1994 年 4 月。
27. 《冷齋夜話》，宋・釋惠洪撰，《蘇軾資料彙編・上編》北京：中華書局，1994 年 4 月。
28. 《避暑錄話》，宋・葉夢得撰，文淵閣《四庫全書》本。
29. 《能改齋漫錄》，宋・吳曾撰，《蘇軾資料彙編・上編》，北京：中華書局，1994 年 4 月。
30. 《容齋隨筆》，宋・洪邁撰，長春：吉林文史出版社排印本，1996 年 3 月。
31. 《老學庵筆記》，宋・陸游撰，《蘇軾資料彙編・上編》，北京：中華書局，1994 年 4 月。
32. 《梁谿漫志》，宋・費袞撰，《蘇軾資料彙編・上編》，北京：中華書局，1994 年 4 月。
33. 《鶴林玉露》，宋・羅大經撰，《蘇軾資料彙編・上編》，北京：中華書局，1994 年 4 月。
34. 《林下偶談》，宋・吳子良撰，《蘇軾資料彙編・上編》，北京：中華書局，1994 年 4 月。
35. 《朱子語類》，宋・黎靖德編，臺北：漢京文化事業公司景百衲本，民國 69 年 7 月。
36. 《石渠寶笈》，清乾隆十九年奉敕撰，文淵閣《四庫全書》本。

五、集　部

1. 《陶淵明集譯注》，夢二冬譯注，長春：吉林文史出版社，1996 年 6 月。
2. 《陶淵明集箋注》，袁行霈撰，北京：中華書局，2003 年 4 月。
3. 《和陶合箋》，清・溫謙山纂訂，臺北：新文豐出版公司，民 69 年 2 月。
4. 《杜詩詳注》，清・仇兆鰲注，臺北：漢京文化事業公司，民國 73 年 3 月。

5. 《昌黎先生集》，宋・廖瑩中輯注，臺北：新興書局景清江蘇書局覆宋本。
6. 《五百家註柳先生集》，唐・柳宗元著，文淵閣《四庫全書》本。
7. 《皮子文藪》，唐・皮日休著，文淵閣《四庫全書》本。
8. 《笠澤叢書》，唐・陸龜蒙著，文淵閣《四庫全書》本。
9. 《甫里集》，唐・陸龜蒙著，文淵閣《四庫全書》本。
10. 《王荊公詩注補箋》，宋・李壁注，李之亮補箋，成都：巴蜀書社，2002 年 1 月。
11. 《蘇洵集》，邱少華點校，北京：中國書店，2000 年 1 月。
12. 《嘉祐集箋註》，曾棗莊、金成禮箋註，上海：上海古籍出版社，2001 年 4 月。
13. 《蘇轍集》（含欒城集、欒城後集、欒城三集、應詔集）陳宏天、高秀芳點校，北京：中華書局，1997 年 7 月。
14. 《蘇轍佚著輯考》（附《蘇轍集》後），劉尚榮撰輯，北京：中華書局，1997 年 7 月。
15. 《曾鞏集》，陳杏珍、晁繼周點校，北京：中華書局 1998 年 12 月。
16. 《黃庭堅全集》，劉琳、李勇先、王蓉貴點校，成都：四川大學出版社，2001 年 5 月。
17. 《張耒集》，李逸安、孫通海、傅信點校，北京：中華書局 1998 年 7 月。
18. 《淮海集箋注》，徐培鈞箋注，上海：上海古籍出版社，2000 年 11 月。
19. 《景迂生集》，宋・晁說之撰，文淵閣《四庫全書》本。
20. 《空同集》，明・李夢陽撰，文淵閣《四庫全書》本。
21. 《宋文鑑》，宋・呂祖謙編，文淵閣《四庫全書》本。
22. 《宋文鑑》，宋・呂祖謙編、齊治平點校，北京：中華書局，1992 年 3 月。
23. 《文章辨體序說》，明・吳訥撰，臺北：大安出版社，1998 年 6 月。

24. 《文體明辨序說》，明．徐師曾撰，臺北：大安出版社，1998年6月。
25. 《全宋文》，曾棗莊、劉琳主編，成都：巴蜀書社，1994年。
26. 《古今小品》，明．陳天定撰，《蘇軾資料彙編．上編》，北京：中華書局，1994年4月。
27. 《天下才子必讀書》，清．金聖歎選評，程自信校注，合肥：安徽文藝出版社，1992年3月。
28. 《御定唐宋文醇》，清．乾隆三年敕編，文淵閣《四庫全書》本。
29. 《古文辭類纂》，清．姚鼐輯，王文濡評註，臺北：華正書局，民國84年9月。
30. 《文心雕龍譯注》，周振甫譯注，臺北：五南圖書出版有限公司，民國82年6月。
31. 《文心雕龍注釋》，周振甫注，北京：人民文學出版社，2002年7月。
32. 《艇齋詩話》，宋．曾季貍撰，《歷代詩話》續編本，臺北：藝文印書館，民國63年4月。
33. 《苕溪漁隱叢話》，宋．胡仔撰，臺北：世界書局，民國65年2月。
34. 《隱居通義》，元．劉壎撰，臺北：新文豐出版公司，民國73年6月。
35. 《詩藪》，明．胡應麟撰，《古今詩話續編》本，臺北：廣文書局。
36. 《歷代詩話》，清．吳景旭撰，臺北：世界書局，民國68年6月。
37. 《蘇亭詩話》，清．張道撰，《蘇軾資料彙編．下編》，北京：中華書局1994年4月。
38. 《藝概》，清．劉熙載撰，臺北：華正書局，民國77年9月。
39. 《蘇文彙評》曾棗莊、曾濤編，臺北：文史哲出版社，民國87年5月。
40. 《蘇詩彙評》曾棗莊編，成都：四川文藝出版社，2001年1月。

41. 《蘇詞彙評》曾棗莊編，成都：四川文藝出版社，2001 年 1 月。
42. 《宋文紀事》，曾棗莊、李凱、彭君華編，成都：四川大學出版社，1995 年 12 月。
43. 《中國歷代文論選》，郭紹虞主編，上海：上海古籍出版社，1996 年 3 月。

六、通論藝文類

1. 《三蘇及其散文研究》，陳勳雄著，臺北：文史哲出版社，民國 80 年 11 月。
2. 《蘇軾論稿》，王水照著，臺北：萬卷樓圖書有限公司，民國 83 年 12 月。
3. 《三蘇文藝思想》，曾棗莊著，臺北：學海出版社，民國 84 年 8 月。
4. 《蘇軾思想研究》，唐玲玲、周偉民著，臺北：文史哲出版社，民國 85 年 2 月。
5. 《蘇軾論》，朱靖華著，北京：京華出版社，1997 年 12 月。
6. 《蘇東坡三部曲》，鍾來茵著，上海：文匯出版社，1998 年 8 月。
7. 《蘇東坡研究》，木齋著，桂林：廣西師範大學出版社，1998 年 10 月。
8. 《蘇軾以賦爲詩研究》，鄭倖朱著，臺北：文津出版社，1998 年 11 月。
9. 《蘇東坡在黃州》，饒學剛著，北京：京華出版社，1999 年 5 月。
10. 《蘇軾題畫文學研究》，衣若芬著，臺北：文津出版社，1999 年 5 月。
11. 《蘇軾史論散文研究》，謝敏玲著，臺北：萬卷樓圖書有限公司，民國 89 年 5 月。
12. 《蘇詩研究史稿》，王友勝著，長沙：嶽麓書社，2000 年 5 月。
13. 《蘇軾研究史》，曾棗莊等著，南京：江蘇教育出版社，2001 年 3 月。

14. 《千古風流——東坡逝世900週年學術研討會論文集》，王靜芝等著，臺北：洪葉文化事業有限公司，2001年5月。
15. 《蘇軾與章惇關係考》劉昭明著，臺北：樂學書局，2001年12月。
16. 《蘇氏易傳研究》，金生鍚著，成都：巴蜀書社，2002年1月。
17. 《蘇東坡的心靈世界》，黃啓芳著，臺北：學生書局，2002年10月。
18. 《劉熙載和藝概》，王氣中著，臺北：萬卷樓圖書股份有限公司，民國82年6月。
19. 《藝概》，清·劉熙載原作、龔鵬程撰述，臺北：金楓出版社，1998年7月。
20. 《兩漢美學史》，李澤厚、劉綱紀著，臺北：金楓出版社，1987年7月。
21. 《宋代文學思想史》，張毅著，北京：中華書局，1995年4月。
22. 《宋詩之新變與代雄》，張高評著，洪葉文化事業有限公司，1995年9月。
23. 《中國詩學思想史》，蕭華榮著，上海：華東師範大學出版社，1996年5月。
24. 《宋代文學史》，孫望、常國武主編，北京：人民文學出版社，1996年9月。
25. 《宋儒風采》，王瑞明著，長沙：岳麓書社，1997年10月。
26. 《中國古典美學史》，陳望衡著，長沙：湖南教育出版社，1998年8月。
27. 《宋代文化史》，姚瀛艇等編著，臺北：昭明出版社，1999年9月。
28. 《宋代文學通論》，王水照主編，高雄：復文圖書出版社，2000年6月。
29. 《會通化成與宋代詩學》，張高評著，臺南：國立成功大學出版社，2000年8月。
30. 《宋詩融通與開拓》，張宏生著，上海：上海古籍出版社，2001年12月。

31. 《北宋黨爭研究》，羅家祥著，臺北：文津出版社，民國 82 年 11 月。
32. 《北宋文人與黨爭》，沈松勤著，北京：北京人民出版社，1998 年 12 月。
33. 《北宋新舊黨爭與文學》，蕭慶偉著，北京：北京人民文學出版社，2001 年 6 月。
34. 《朱熹文學研究》，張健著，臺北：商務印書館，民國 62 年 9 月。
35. 《朱熹的文學批評研究》，莫礪鋒著，南京：南京大學出版社，2000 年 5 月。
36. 《中國歷代飲酒詩賞析》，蔡毅、胡有清編著，江蘇文藝出版社，1991 年 6 月。
37. 《詩與酒》，劉揚忠著，臺北：文津出版社，民國 83 年 1 月。
38. 《寓言：哲理的詩篇》，顧建華著，北京：北京大學出版社，1996 年 6 月。
39. 《二十世紀中國文學史論文精粹——散文、賦卷》，王鍾陵主編，石家莊：河北教育出版社，2001 年 1 月。
40. 《中國古代文體形態研究》，吳承學著，廣州：中山大學出版社，2002 年 5 月。
41. 《中國書法全集——蘇軾》，趙權利著，石家莊：河北教育出版社，2004 年 3 月。
42. 《中國皇帝圖傳——宋徽宗傳》，蔣珊編著，北京：中國戲劇出版社，2004 年 4 月。
43. 《歷代名家墨迹選——蘇軾墨迹選（二）》，孫寶文編，長春：吉林文史出版社，2006 年 12 月。
44. 《歷代名家墨迹選——蘇軾書赤壁賦》，申新仁編，長春：吉林文史出版社，2007 年 9 月。

七、期刊論文

1. 〈略論蘇軾對賦體文學的發展〉，周慧珍撰《天津社會科學》第 5 期，1986 年。
2. 〈論蘇軾的賦〉，馬德富撰，《東坡文論叢》，成都：四川文藝出版社，1986 年 3 月。

3. 〈蘇賦簡論〉，李博撰，《東坡研究論叢》，成都：四川文藝出版社，1986 年 4 月。

4. 〈論賦兼及賦史〉，郭紹虞撰，收入《照隅室雜著》，上海：上海古籍出版社，1986 年 9 月。

5. 〈東坡後杞菊賦解〉，曹慕樊撰，《東坡文論叢》，成都：四川文藝出版社，1986 年。

6. 〈後赤壁賦析評〉柯慶明撰，收入《中國古典文學研究叢刊》，民國 75 年 10 月。

7. 〈蘇軾前後赤壁賦心靈境界之探討〉，張學波撰，《興大中文學報》5 期，民國 81 年 1 月。

8. 〈蘇軾的崇道名作赤壁賦〉，鐘來因撰，《國文天地》8 卷 6 期，民國 81 年 11 月。

9. 〈蘇東坡與賦〉，顧易生撰，《新亞學術集刊》，13 期，1994 年。

10. 〈筆勢彷彿離騷經——東坡賦考論〉，楊勝寬撰，《西南師範大學學報．哲社版》，1994 年，第 2 期。

11. 〈伯夷列傳與前赤壁賦機軸略同論〉，王令樾撰，《輔仁學誌．文學院之部》23 期，民國 83 年 6 月。

12. 〈談蘇軾後赤壁賦中所夢道士人數之問題〉，衣若芬撰，《臺大中文學報》第 6 期，1994 年 6 月。

13. 〈亦詩亦文情韻不匱——漫談蘇軾的賦〉，王水照撰，收入《蘇軾論稿》民國 83 年 12 月。

14. 〈關於蘇東坡賦英譯本的錢序〉，王依民撰，《讀書》，1995 年第 3 期。

15. 〈論蘇軾賦中的「士的意識」〉，孫民撰，《東坡賦譯注》附錄，1995 年 5 月。

16. 〈試論蘇軾賦的形象特徵〉，孫民撰，《東坡賦譯注》附錄，1995 年 5 月。

17. 〈東坡前後赤壁賦之比較〉，吳奕蒼撰，《輔大中研所學刊》，第 6 期，民國 85 年 6 月。

18. 〈從「變」到「化」——談赤壁賦中「一」與「二」的問題〉，

何寄澎撰，收入《第三屆國際辭賦學學術研討會論文集》，1996年12月。

19. 〈前後赤壁賦題旨新探〉，朱靖華撰，收入《蘇軾論》，1997年12月。
20. 〈赤壁賦本事說〉，吳月蘭撰，《南京高師學報》，14卷1期，1998年3月。
21. 〈蘇軾賦的散體特徵及其形成〉，何國棟撰，《蘭州大學學報．社科版》1998年2月。
22. 〈論蘇軾賦體文學的特色和貢獻〉，譚玉良撰，《康定學刊》7卷4期，1998年12月。
23. 〈老坡與小坡：「家法」一脈承〉，楊勝寬撰，《樂山師專學報社科版》，1998年1期。
24. 〈宋代三居士考〉，張海鷗撰，《中山大學學報社科版》，1999年1月。
25. 〈東坡赤壁游蹤考〉，饒學剛撰，收入《蘇東坡在黃州》，1999年5月。
26. 〈赤壁二賦不是天生的姊妹篇〉，饒學剛撰，收入《蘇東坡在黃州》，1999年5月。
27. 〈評久佚重現的施宿東坡先生年譜〉，王水照撰，《蘇軾選集》附錄，1999年5月。
28. 〈蘇過斜川之志的文化闡釋〉，張海鷗撰，《廣東社會科學》，2000年2月。
29. 〈蘇軾和陶遊斜川詩系年考辨〉，吳定球撰，《惠州大學學報社科版》，2000年9月。
30. 〈論蘇軾的辭賦創作〉，王許林撰，《江淮論壇》，2001年第5期。
31. 〈蘇軾賦觀及其相關的問題〉，簡宗梧撰，收入《千古風流——東坡逝世九百年學術研討會論文集》，2001年5月。
32. 〈惠儋瘴地上的特殊逐臣——嶺海時期之蘇過論〉，李景新撰，《海南大學學報人文社科版》，2005年6月。
33. 〈蘇軾與飲食〉尹波撰，收入《宋代文化研究》第2集，成都：四川大學出版社，1992年12月。

34. 〈祝堯古賦辯體的賦論〉，鄧國光撰，收入《新亞學術集刊》13 期，1994 年。
35. 〈蘇軾與酒〉，成鏡深撰，《川北教育學院學報・社科版》，1995 年第 3 期。
36. 〈宋代文賦特質辨析——文賦之說理傾向〉，陳韻竹撰，《宋代文學研究叢刊》第 10 期，高雄：麗文文化事業公司，1997 年 9 月。
37. 〈試論秦觀的賦作賦論及其與詞的關係〉，徐培均撰，《中國韻文學刊》，1997 第 2 期。
38. 〈從孫何、范仲淹、秦觀的賦學理論看北宋律賦發展〉鄭雅文撰，《雲漢學刊》5 期，民國 87 年 5 月。
39. 〈生鏽的文學主環——賦〉，簡宗梧撰，《國文天地》14 卷 6 期，民國 87 年 11 月。
40. 〈論宋賦諸體〉，曾棗莊撰，《陰山學刊》（包頭），1999 年 1 月。
41. 〈北宋散文賦類型論——以詠物、諷諭爲例〉，顧柔利撰，《黃埔學報》36 輯，民國 88 年 1 月。
42. 〈論北宋理趣賦的意境〉，顧柔利撰，《國文天地》15 卷 2 期，民國 88 年 7 月。
43. 〈北宋賦家的生命安頓——從託物寄興觀北宋詠物賦〉，顧柔利撰，《黃埔學報》37 輯，民國 88 年 8 月。
44. 〈北宋賦家的人文素養——從溫柔敦厚觀北宋諷諭賦〉，顧柔利撰，《黃埔學報》38 輯，民國 88 年 12 月。
45. 〈文賦的界定及其形成〉，張宏生撰，《宋代文學研究叢刊》第 5 期，高雄：麗文文化事業公司，1999 年 12 月。
46. 〈古文運動與文賦新變〉，王基倫撰，收入中央研究院文哲研究所，中國文哲專刊《世變與創化》，民國 89 年 2 月。
47. 〈論李綱的沙縣貶謫詩賦及其對李綱思想的補正〉，羅敏中撰，《求索》（長沙），2000 年 3 月。
48. 〈騷體賦的界定及其在賦體文學中的地位〉，郭建勛撰，《求索》（長沙），2000 年 5 月。
49. 〈竹西詩案〉，陳新雄撰，收入《千古風流——東坡逝世 900

週年學術研討會論文集》，臺北：洪葉文化事業有限公司，2001年5月。

50.〈試論北宋詞發展的重要途徑——賦化〉，吳惠娟撰，收入《首屆宋代文學國際研討會論文集》，上海：復旦大學出版社，2001年6月。

51.〈靈均餘影～論朱熹楚辭後語〉，廖棟樑撰，收入《宋代文學與文化研究》，臺北：大安出版社，2001年10月。

52.〈王狀元集百家注分類東坡先生詩得失論〉，王友勝撰，《宋代文學研究叢刊》第7期，高雄：麗文文化事業公司，2001年12月。

53.〈兩宋檃括詞探析〉，王偉勇撰，臺北：東吳大學中文系《宋元文學學術研討會論文集》2002年3月。

54.〈論宋代進士科的詩賦之爭〉，祝尚書撰，《宋代文學研究叢刊》第9期，高雄：麗文文化事業公司，2003年12月。

55.〈宋代詠物賦的創新與妙理〉，林天祥撰，《宋代文學研究叢刊》第10期，高雄：麗文文化事業公司，2004年12月。

附錄一　蘇軾、蘇過辭賦創作年表

宋曆紀元 西　元	年　齡		重要紀事	辭賦作品 （屬蘇過者加註◆號）	附　註
	蘇軾	蘇過			
宋仁宗 景祐 3 丙子 1036	1	0	十二月十九日卯時，蘇軾生於眉州眉山縣紗縠行（西元 1037 年 1 月 8 日）。		西元已至次年。
景祐 4 丁丑 1037	2	0			
寶元元戊寅 1038	3	0	長兄蘇景先卒。		
寶元 2 己卯 1039	4	0			二月二十日，弟蘇轍生。
康定元庚辰 1040	5	0			
慶曆元辛巳 1041	6	0			
慶曆 2 壬午 1042	7	0	始知讀書。		
慶曆 3 癸未 1043	8	0	入小學，師眉山道士張易簡。 讀石介〈慶曆聖德詩〉慕韓琦、范仲淹、富弼、歐陽脩爲人。		
慶曆 4 甲申 1044	9	0			弟蘇轍始入學。

慶曆 5 乙酉 1045	10	0	應父命作〈夏侯太初論〉。 母程氏親授蘇軾兄弟以書，並以氣節勉二子。		黃庭堅生。
慶曆 6 丙戌 1046	11	0	作〈却鼠刀銘〉。		
慶曆 7 丁亥 1047	12	0			祖父蘇序卒。
慶曆 8 戊子 1048	13	0	父蘇洵親教二子讀書。		
皇祐元己丑 1049	14	0			1.蘇洵作〈名二子說〉。 2.秦觀生。
皇祐 2 庚寅 1050	15	0	奮厲有當世志。 好書、畫、筆、硯 知種松，讀醫藥書。		
皇祐 3 辛卯 1051	16	0			
皇祐 4 壬辰 1052	17	0			
皇祐 5 癸巳 1053	18	0	好讀史、論史。 間亦好道，本不欲婚宦。		1.晁補之生。 2.陳師道生。
至和元甲午 1054	19	0	娶王弗（16 歲）爲妻。 愛讀父友史經臣（彥輔）〈思子臺賦〉。		1.張方平除知益州。 2.史經臣賦後亡佚，紹聖二年於惠州，蘇軾命蘇過作補亡之篇。 3.張耒生。
至和 2 乙未 1055	20	0	遊益州，得滕姓老者贈以破釀酒缸所製之硯，歸授蘇轍，並命轍作賦。		1.蘇轍作〈缸硯賦〉。 2.蘇轍娶史氏爲妻。

嘉祐元丙申 1056	21	0	蘇洵攜二子赴京師，過成都時謁張方平。 發成都，經鳳翔，過長安，出關中至澠池，約五、六月間至京師。 秋應開封府解，蘇軾第二名。	〈病狗賦〉（佚）	1.〈病狗賦〉係書於眉山棲雲寺壁，已佚。 2.蘇洵上書歐陽脩，脩上朝薦之 3.蘇轍亦中開封府解。
嘉祐 2 丁酉 1057	22	0	應省試以〈刑賞忠厚之至論〉得第二名；並作雜策五首、詩一首、賦一首。 復以《春秋》對義居第一。 三月五日，仁宗御試崇政殿，蘇軾進士及第，歐陽脩深喜得人。 四月七日，母程氏卒，蘇洵父子三人倉惶歸蜀奔喪，十一月葬程氏於眉州。	〈民監賦〉（佚）	1.省試賦已佚。 2.〈民監賦〉爲進士御試考題，已佚。 3.蘇轍同時進士及第。
嘉祐 3 戊戌 1058	23	0	在眉州守制。		
嘉祐 4 己亥 1059	24	0	長子蘇邁生於本年（母王弗）。 七月服除，十月蘇洵父子三人並二兄弟之家眷以水路離蜀赴京，發眉州經嘉州、戎州、渝州、涪州、忠州、夔州，過瞿塘，入峽，過巫山、巴東、秭歸，出峽至江陵，在江陵度歲。	〈灩澦堆賦〉 〈屈原廟賦〉	1.十二月八日，父子三人彙集沿途所作詩文共 100 篇爲《南行集》，蘇軾作〈南行前集敘〉。《南行集》今不存，見於三人詩文集者蘇洵存詩 10 首、蘇軾存詩文 46 首、蘇轍存詩文賦 26 首，共計 82 首。 2.蘇轍有〈巫山賦〉、〈屈原廟賦〉 3.李廌生。

嘉祐 5 庚子 1060	25	0	正月午日發江陵陸行赴京，經荊門軍、洏陽、襄陽、唐州、昆陽、許州，二月十五日至京師，過昆陽時軾作〈昆陽城賦〉。 授蘇軾河南府昌福縣主簿，不赴。 與蘇轍寓懷遠驛，二人有「夜雨對床」之約，相約早退閑居爲樂。 朝旨許應制科。	〈昆陽城賦〉	1.蘇洵有〈昆陽城〉詩。 2.授蘇轍河南府澠池縣主簿，不赴。 3.趙抃薦蘇洵爲秘書省校書郎。 4.歐陽脩拜樞密副使。 5.梅堯臣卒。
嘉祐 6 辛丑 1061	26	0	八月制科考試合格，科號爲「賢良方正能極言直諫」，蘇軾入三等，轍入四等（宋初以來，制科一、二等皆虛懸，惟蘇軾與吳育入三等）。 蘇軾除大理評事、簽書鳳翔府判官，十二月十四日到任，同行者有馬正卿（夢得），至鳳翔與監軍王大年（彭）交往甚密，軾喜佛書乃自王彭發之。		1.父子三人彙集江陵至京師所作詩文共 52 篇爲《南行後集》，蘇轍作〈南行後集引〉，文已佚。 2.蘇轍除商州軍事推官。 3.宋祁卒。
嘉祐 7 壬寅 1062	27	0	在簽書鳳翔府判官任。 二月、三月分別禱雨於太白山，三月十九大雨，作〈喜雨亭記〉。 六月與張琥登眞興寺閣遠眺懷古。 迎送太白山神，時封太白山神爲明應公，代鳳翔守宋選作〈太白詞〉。	〈太白詞〉	1.蘇轍應蘇軾之請作〈登眞興寺樓賦〉。 2.八月伯父蘇渙卒。

嘉祐 8 癸卯 1063	28	0	在簽書鳳翔府判官任。 冬謁上清宮，作〈上清詞〉。 與陳希亮子陳慥（季常）結交。	〈上清詞〉	1.蘇軾邀蘇轍同作〈上清詞〉（其後於元祐二年時，鳳翔上清宮監宮薛紹彭以蘇軾兄弟〈上清詞〉刻石，軾有跋） 2.三月二十九日仁宗崩，四月一日英宗即位。 3.六月宋選罷鳳翔府任，陳希亮來代。
宋英宗 治平元甲辰 1064	29	0	在簽書鳳翔府判官任。 正月十三日與章惇同遊仙遊潭，惇平步過萬仞絕壁獨木橋，書壁曰:「蘇軾、章惇來」既還，蘇軾云:「君他日必能殺人」，惇大笑。 十二月十七日罷簽書鳳翔府判官任，轉殿中丞。		1.始識文同。 2.趙令畤（德麟）生。
治平 2 乙巳 1065	30	0	二月還朝，除判登聞鼓院。 五月二十八日妻王弗卒，年 27。 授直史館。		1.蘇轍出爲大名府推官。 2.四月陳希亮卒。
治平 3 丙午 1066	31	0	直史館。 四月二十五日蘇洵卒，應蘇軾請，詔贈洵光祿寺丞，並敕有司具舟載喪歸蜀，兄弟二人扶柩歸，十二月入峽。		初識劉摯。

治平 4 丁未 1067	32	0	十月二十七日葬蘇洵於眉州彭山安鎮可龍里，母程氏同葬。	〈王大年哀詞〉	1. 正月八日英宗崩，神宗即位。 2.〈王大年哀詞〉或作於治平四年至熙寧二年之間，仍有待詳考，暫編於此。
宋神宗 熙寧元戊申 1068	33	0	七月除服。 本年娶王介幼女王閏之（21 歲）爲妻，閏之爲王弗堂妹。 離眉山，循首次出蜀路線由陸路返京師，歲末至長安。		
熙寧 2 己酉 1069	34	0	二月初抵京師，以殿中丞、直史館授官告院，兼判尚書祠部。 五月上〈議學校貢舉狀〉論貢舉不當輕改。 應李育（仲蒙）子李籲之請作〈李仲蒙哀詞〉。 十二月上神宗皇帝書，言新法不便。	〈李仲蒙哀詞〉	1. 二月初，王安石參知政事，議行新法。 2. 四月議更學校更舉之法，罷詩賦、明經諸科以經義策論試進士。 3. 七月李育（仲蒙）卒。 4. 王鞏來學。 5. 與駙馬都尉王詵來往密切。
熙寧 3 庚戌 1070	35	0	二月再上神宗皇帝書，論新法不可行。 五月次子蘇迨生（母王閏之）。		1. 張方平知陳州，辟蘇轍爲陳州教授。 2. 范鎮致仕。
熙寧 4 辛亥 1071	36	0	乞外補，六月除杭州通判，七月出京，十一月到任。		1. 二月一日頒貢舉新制。 2. 六月歐陽脩致仕。 3. 文同送行詩有「北客若來休問事，西湖雖好莫吟詩」之句。

熙寧 5 壬子 1072	37	1	在杭州通判任。 四月四日蘇過生於杭州，小名「似叔」（母王閏之）。		1.閏七月歐陽脩卒，軾有祭文。 2.始見黃庭堅詩文於孫覺座上。 3.晁補之見蘇軾並作〈七述〉志錢塘人物、山川之美，軾歎曰：「吾可以閣筆矣。」
熙寧 6 癸丑 1073	38		在杭州通判任。		夏，蘇轍改齊州掌書記。
		2	隨父在杭州。		
熙寧 7 甲寅 1074	39		在杭州通判任。 五月至常州，見錢公輔（君倚）子世雄（濟明），應請作〈錢君倚哀詞〉。 王朝雲（12 歲）來歸。 九月移知密州，十二月到任，上狀陳蝗災。	〈錢君倚哀詞〉	1. 四月韓絳入相、呂惠卿參知政事。 2.行手實法。 3.蘇轍第三子虎兒生。
		3	隨父在杭州、密州。		
熙寧 8 乙卯 1075	40		在密州太守任。 齋廚索然，與通守劉庭式求杞菊而食，作〈後杞菊賦〉。 十一月稍葺居園北城上舊臺，蘇轍命名爲「超然臺」軾作〈超然臺記〉。	〈後杞菊賦〉	1.韓琦卒。 2.張耒有〈杞菊賦〉，蓋因蘇軾賦而作。 3.蘇轍有〈超然臺賦〉。
		4	隨父在密州。		

熙寧 9 丙辰 1076	41		在密州太守任。 九月詔移知河中府，十二月離密州。密人爲像於城西彭氏之圃，歲時拜謁。	〈服胡麻賦〉	1.十月王安石二次罷相。 2.文同寄〈超然臺賦〉來。 3.鮮于侁、張耒李清臣均作〈超然臺賦〉惟清臣賦已佚。 4.司馬光作〈超然臺寄子瞻學士〉詩。 5.文彥博作〈寄題密州超然臺〉詩
		5	隨父在密州。		
熙寧 10 丁巳 1077	42		二月改知徐州，蘇轍自京師來迎，會於澶、濮間，二人同赴京師。 李清臣構亭於徐州城東南隅，蘇軾名爲「快哉亭」。 七月十七日，黃河決堤，八月二十一日水及徐州城下。	〈快哉此風賦〉	1 爲子蘇邁娶妻石氏。 2 李清臣爲京東路提刑置司徐州。
		6	隨父在徐州。		
元豐元戊午 1078	43		在知徐州任。 秦觀入京應舉，過徐，首見蘇軾。 八月，黃樓建成。 秋道潛（參寥）來訪，首見。		1.正月王安石爲集禧觀使，封舒國公。 2.蘇轍作〈黃樓賦〉。 3.秦觀寄〈黃樓賦〉來。 4.陳師道作〈黃樓銘〉。
		7	隨父在徐州。		

元豐 2 己未 1079	44		三月知湖州，四月二十到任。 七月，以御史李定等，言蘇軾謗訕朝政，被逮，罷湖州任。 八月十八日赴御史臺獄，十二月二十六日，責授水部員外郎、黃州團練副使、本州安置、不得簽書公事。		1. 文同卒於陳州（62 歲） 2. 蘇轍貶監筠州酒稅。 3. 王安石、張方平致仕。
		8	隨父在徐州、湖州。		
元豐 3 庚申 1080	45		過岐亭，晤故人陳慥（方山子）。 二月一日到黃州，寓定惠院，四月遷居臨皋亭。		二月章惇參知政事。
		9	隨父在黃州。		
元豐 4 辛酉 1081	46		在黃州。 始躬耕黃州城東之舊營地「東坡」。		
		10	隨父在黃州。		
元豐 5 壬戌 1082	47		二月築「雪堂」，自號東坡居士。 七月十六、十月十五，兩遊赤壁，皆有賦。 九月徐禧死難，十月蘇軾作〈弔徐德占〉詩哀之。 十二月十九日軾生日，置酒赤壁磯下，客李委吹笛作新曲《鶴南飛》以賀，蘇軾作〈李委吹笛〉詩以酬。	〈歸來引〉 〈黃泥坂辭〉 〈蘇世美哀詞〉 〈赤壁賦〉 〈後赤壁賦〉	1.四月，章惇門下侍郎。 2.秋八月，徐禧建永樂城防西夏，九月城陷，徐禧死難。
		11	隨父在黃州。		

元豐 6 癸亥 1083	48		在黃州。 九月二十七日幼子蘇遯（幹兒）生（母王朝雲）。		四月曾鞏卒。
		12	隨父在黃州。 巢谷（元修）自蜀來，蘇迨、蘇過從學於雪堂。		
元豐 7 甲子 1084	49		在黃州。 三月，移汝州團練副使。 六月過池州作〈清溪詞〉。 七月抵金陵，訪王安石，作詩有「騎驢渺渺入荒陂，想見先生未病時；勸我試求三畝宅，從公已覺十年遲！」之句。七月二十八日幼子蘇遯卒於金陵。 上表乞常州居住。	〈清溪詞〉	蘇軾往訪王安石，安石曾謂東坡：「不知更幾百年方有如此人物！」
		13	隨父在黃州，繼赴汝州。		
元豐 8 乙丑 1085	50		二月誥命下，准居常州，五月過揚州 六月起知登州，十月十五日到任，為官五日，即以禮部郎中召回，十二月二十日抵京，遷起居舍人。		1.三月，神宗崩 2.五月，司馬光門下侍郎。 3.五月，作〈歸宜興留題竹西寺三首〉詩，後引出元祐六年揚州詩案事件。
		14	隨父至常州、登州、回京。		

宋哲宗 元祐元丙寅 1086	51		中書舍人、翰林學士、知制誥。 程頤主司馬光喪事，頤拘泥古禮，蘇軾戲之，二人因此結怨。 黃庭堅、張耒、晁補之來，尋獲〈黃泥坂詞〉手稿。	〈復改科賦〉 〈傷春詞〉	1.始見黃庭堅。 2.張耒至京師，爲太學錄。 3.六月王安石卒九月司馬光卒。 4.〈傷春詞〉或作於元祐年間，有待詳考，暫編於此。
		15	隨父在京師。		
元祐 2 丁卯 1087	52		在京任翰林學士、知制誥。 八月兼侍讀。	〈通其變使民不倦賦〉 〈明君可與爲忠言賦〉 〈三法求民情賦〉 〈六事廉爲本賦〉	1.四賦約作於元祐任侍讀期間，姑並置此。 2.蘇轍遷戶部侍郎。 3.朝臣分裂，洛、蜀、朔黨爭開始。 4.鳳翔上清宮監宮薛紹彭以蘇軾兄弟〈上清詞〉刻石。
		16	隨父在京師。		
元祐 3 戊辰 1088	53		在京任翰林學士、知制誥，兼侍讀。 正月，權知禮部。	〈延和殿奏新樂賦〉	
		17	隨父在京師。		
元祐 4 己巳 1089	54		在京任翰林學士、知制誥，兼侍讀。 軾以論事爲當軸者恨，知難見容，乞外任，三月，以龍圖閣學士知杭州，七月到任。	〈龍團稱屈賦〉（佚） 〈酒隱賦〉	1.〈龍團稱屈賦〉爲蘇軾與黃庭堅、張耒會飯、飲茶時戲作，已佚。（約作於元祐二年～四年間） 2.〈酒隱賦〉約作於元祐四年～七年之間，姑置此。 3.蘇轍遷翰林學士，尋兼權吏部尚書，未幾出使契丹。

		18	隨父在京師。 七月隨父至杭州。		
元祐 5 庚午 1090	55		在杭州太守任。 五月，疏浚西湖，築堤，杭人名之爲蘇公堤。		
		19	隨父在杭州。		
元祐 6 辛未 1091	56		二月以翰林承旨召還，五月抵京。除兼侍讀，復侍邇英殿。 八月以御史賈易、趙君錫誣詆元豐八年揚州題詩事，出知潁州。	〈黠鼠賦〉 〈秋陽賦〉 〈洞庭春色賦〉	
		20	隨父在杭州、京師、潁州。		
元祐 7 壬申 1092	57		在潁州太守任。 二月改知揚州。 八月以兵部尚書兼差充南郊鹵簿使召還。 十一月，遷端明殿學士兼翰林侍讀學士，守禮部尚書。		蘇轍除門下侍郎。
		21	隨父在潁州、揚州、京師。		
元祐 8 癸酉 1093	58		在禮部尚書任。 八月一日妻王閏之卒於京師（46 歲）。 八月以端明殿學士兼翰林侍讀學士，出知定州，罷禮部尚書。	〈中山松醪賦〉	1. 九月宣仁高太后仙逝。 2. 哲宗親政，復起用章惇、呂惠卿等。
		22	隨父在京師、定州。		

紹聖元甲戌 1094	59		在定州太守任。 四月貶知英州，途中詔命屢變，六月責授建昌軍司馬、惠州安置。 九月過大庾嶺，十月到惠州。初寓合江樓，後遷嘉祐寺。	〈酒子賦〉	1.〈酒子賦〉約作於紹聖元年～紹聖四年之間，姑置此。 2.蘇轍貶筠州。
		23	隨父在定州，繼隨父貶惠州。 九月侍父自廣州赴惠州途中，作〈淩雲賦〉（已佚）又次蘇軾原韻有〈和大人遊羅浮山〉詩。 【蘇過《斜川集》編年詩起於是年】	◆〈淩雲賦〉（佚）	蘇軾〈游羅浮山一首示兒子過〉詩云：「小兒少年有奇志，中宵起坐存黃庭。近者戲作淩雲賦，筆勢彷彿離騷經」。
紹聖2乙亥 1095	60		謫居惠州。 復遷合江樓。 八月惠、廣颶風，命過作〈颶風賦〉。 又命過作〈思子臺賦〉。	〈山陂陀行〉	1.〈山陂陀行〉約作於紹聖二、三年間，姑置此。
		24	侍父在惠州。	◆〈颶風賦〉 ◆〈思子臺賦〉	
紹聖3丙子 1096	61		謫居惠州。 四月復歸嘉祐寺，時方卜築白鶴峰上。 七月妻王朝雲卒（34歲），葬棲禪寺東南松林中，爲築六如亭。		
		25	侍父在惠州。 蘇過一人當白鶴峰築屋營造之勞。	◆〈松風亭詞〉	本詞爲楚騷體。

紹聖 4 丁丑 1097	62		白鶴峰因新居成。 閏二月，蘇軾責授瓊州別駕、昌化軍安置。四月十九日離惠州。 五月十一日，蘇軾、蘇轍相遇於雷州。		蘇轍貶化州別駕、雷州安置。
		26	侍父在惠州。 四月十九日隨父離惠州，五月九日至雷州徐聞渡，將渡海，謁伏波將軍馬援廟，作〈伏波將軍廟碑〉	◆〈伏波將軍廟碑〉	前有長序，碑文采楚騷體。
元符元戊寅（本紹聖 5）1098	63		謫居儋州。 董必察訪廣西，將蘇軾父子逐出官舍，乃於城南買地築屋。 蘇軾讀蘇過〈志隱〉云：「吾可以安於島夷矣！」。	〈和陶歸去來兮辭〉 〈沉香山子賦〉 〈天慶觀乳泉賦〉 〈菜羹賦〉 〈老饕賦〉 〈濁醪有妙理賦〉	1.蘇轍有〈和子瞻歸去來詞〉及〈和子瞻沉香山子賦〉。 2.〈老饕賦〉及〈濁醪有妙理賦〉作於元符元年～三年間，姑置此。
		27	侍父在儋州。 蘇過取土芋作「玉糝羹」，東坡極稱讚，有詩稱之。	◆〈志隱〉	1.〈志隱〉采主客問答之韻文體，屬賦體。 2.宋徽宗政和六年（1116）復追作〈志隱跋〉。
元符 2 己卯 1099	64		謫居儋州。		蘇轍自海康再謫龍州。
		28	侍父在儋州。		
元符 3 庚辰 1100	65		謫居儋州。 五月大赦，以瓊州別駕廉州安置、不得簽書公事。 六月離儋，七月抵廉州。		1.正月哲宗崩（25 歲）無子。 2.神宗 11 子端王趙佶（19 歲）即位，是爲徽宗。 3.秦觀卒。

		29	侍父在儋州。 侍父北歸。		
宋徽宗 建中靖國元 辛巳 1101	66		正月過大庾嶺，五月抵金陵，決計至常州養老。 至常，上表請老，以本官致仕。 七月二十八日卒於常州。	〈鍾子翼哀詞〉	蘇轍有〈亡兄子瞻端明墓誌銘〉
		30	侍父北歸。		
崇寧元壬午 1102		31	蘇過在河南郟城縣居父喪。		
崇寧二癸未 1103		32	在河南郟城縣居父喪。 秋，除服，歸穎昌。		
崇寧 3 甲申～政和元年辛卯 1104～1111		33～40	閒居穎昌。		
政和 2 壬辰 1112		41	閒居穎昌。 六月下旬，出監太原府稅。		1. 蘇邁罷嘉禾令，歸穎昌。 2. 十月三日叔父蘇轍卒（74歲），蘇過作〈祭叔父黃門文〉。
政和 3 癸巳～政和 5 乙未 1113～1115		42～44	監太原府稅，五年罷，冬奉敕知河南郾城縣。		
政和 6 丙申～宣和元己亥 1116～1119		45～48	知河南郾城縣。		蘇過政和六年追作〈志隱跋〉。
宣和 2 庚子～宣和 4 壬寅 1120～1122		49～51	二年罷郾城縣任。 閒居穎昌，卜築城西，營水竹數畝，慕陶淵明爲人，名曰「小斜川」，自號「斜川居士」。		蘇過有〈小斜川〉詩。

宣和 5 癸卯 1123		52	閒居潁昌。夏，權通判中山府，十二月，暴卒於鎮陽行道中。		
宣和 7 乙巳 1125			四月，葬於河南郟城縣小蛾眉山父蘇軾墓東南。		晁說之有〈宋故通直郎眉山蘇叔黨墓誌銘〉。

◎本年表參考宋・施宿《東坡先生年譜》、宋・王宗稷《東坡先生年譜》、宋・傅藻《東坡紀年錄》、清・王文誥《蘇文忠公詩編註集成・總案》、孔凡禮《蘇軾年譜》及《蘇轍年譜》、舒大剛《蘇過年譜》等編成。

附錄二　東坡傳世辭賦書跡

《昆陽城賦》（局部）（美國二石老人藏）

【自河北教育出版社《中國書法家全集・蘇軾》頁 140 影印】

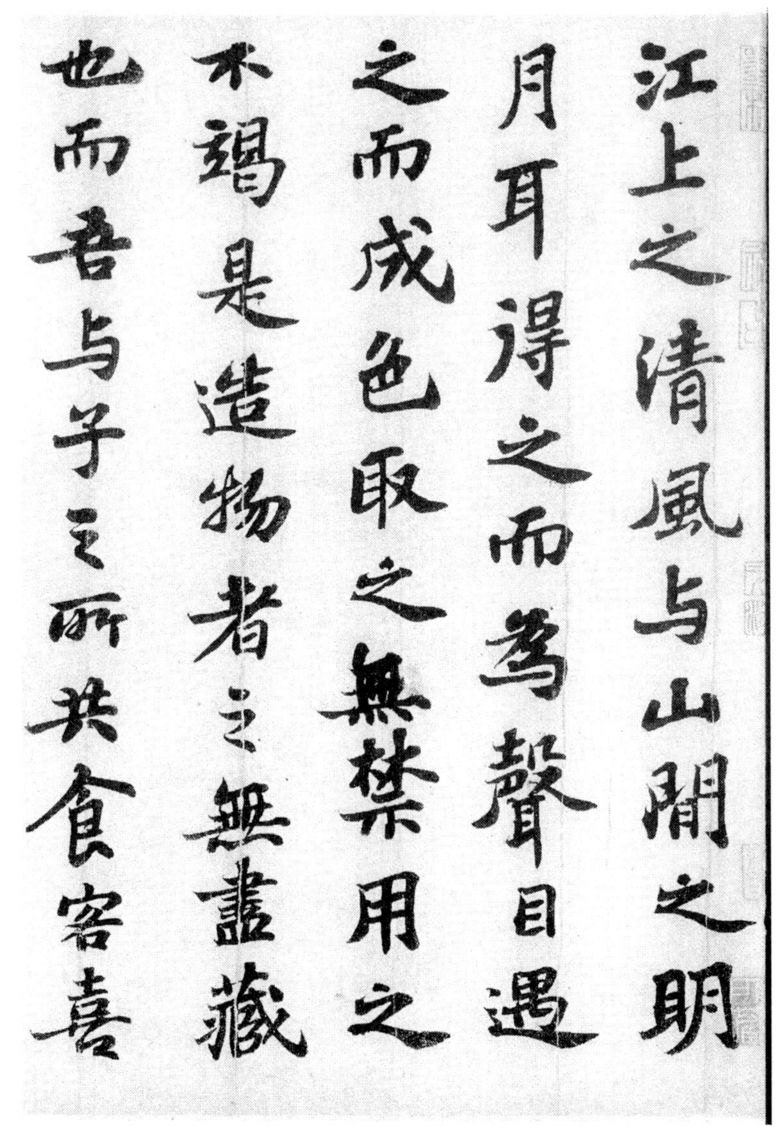

《赤壁賦》（局部）（臺北故宮博物院藏）

【自吉林文史出版社《歷代名家墨迹選·蘇軾書赤壁賦》頁 13 影印】

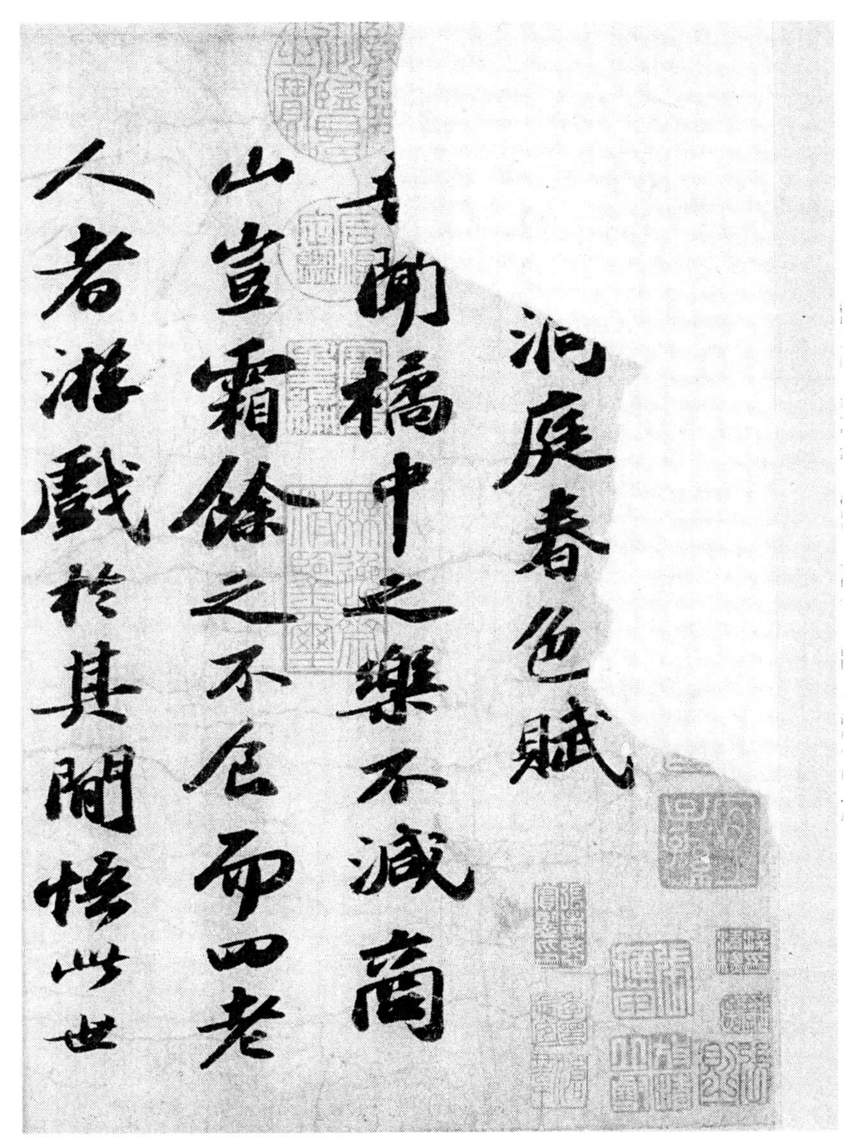

《洞庭春色賦》（局部）（吉林省博物館藏）

【自吉林文史出版社《歷代名家墨迹選・蘇軾墨迹選（二）》頁 2 影印】

《中山松醪賦》（局部）（吉林省博物館藏）

【自吉林文史出版社《歷代名家墨迹選・蘇軾墨迹選（二）》頁 8 影印】

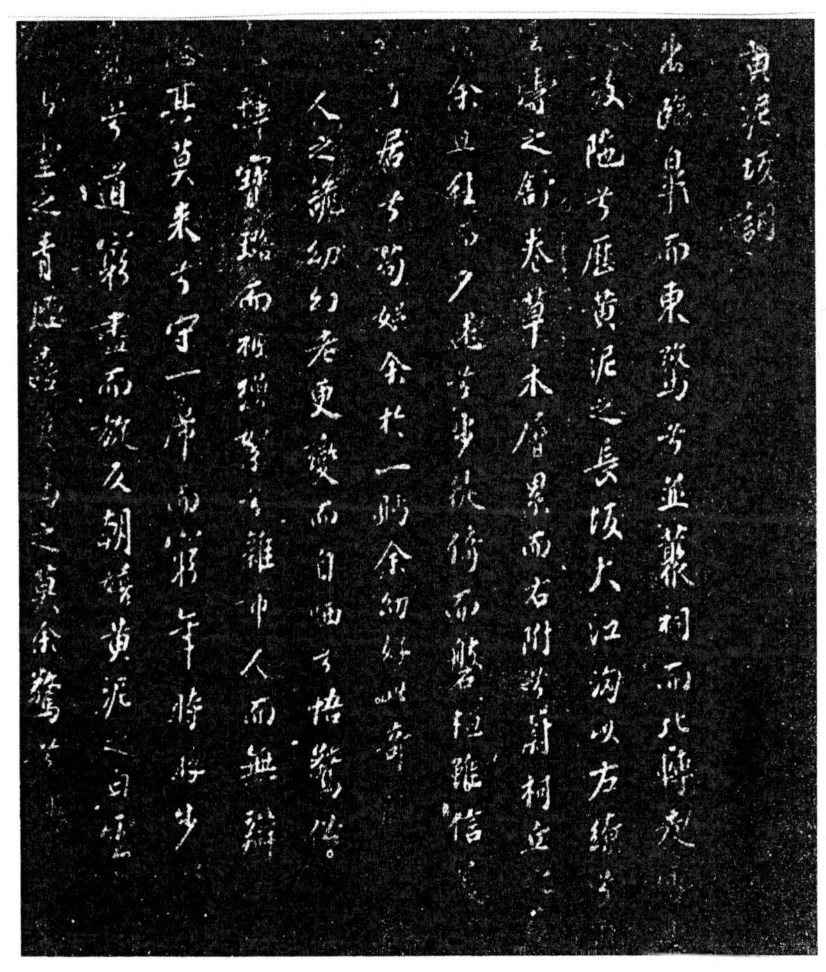

《黃泥坂詞帖》（局部）（上海圖書館藏）

【自河北教育出版社《中國書法家全集·蘇軾》頁132影印】

《歸去來兮辭》（局部）（東坡手書陶淵明之作品，臺北故宮博物院藏）

【自河北教育出版社《中國書法家全集·蘇軾》頁 90 影印】

附錄三　蘇軾、蘇過辭賦全文輯錄

一、蘇軾辭賦全文輯錄

◎太白詞（五章）

岐下頻年大旱，禱於太白山輒應，故作〈迎送神辭〉一篇五章。

其　一

雲闐闐，山晝晦。風振野，神將駕。載雲罕，從玉虬。旱既甚，蹷往救，道阻修兮。

其　二

旌旂翻，疑有無。日慘變，神在塗。飛赤篆，訴閶闔。走陰符，行羽檄，萬靈集兮。

其　三

風爲幄，雲爲蓋。滿堂爛，神既至。紛醉飽，錫以雨。百川溢，施溝渠，歌且舞兮。

其　四

騎裔裔，車斑斑。鼓簫悲，神欲還。轟振凱，隱林谷。執妖厲，歸獻馘，千里肅兮。

其　五

神之來，悵何晚。山重複，路幽遠。神之去，飄莫追。德

未報，民之思，永萬祀兮。(孔凡禮點校《蘇軾詩集》卷 4，頁 152)

◎上清詞

南山之幽，雲冥冥兮。孰居此者？帝側之神君。君胡爲兮山之幽，顧宮殿兮久淹留。又曷爲一朝去此而不顧兮，悲此空山之人也。來不可得而知兮，去固不可得而訊也。
君之來兮天門空，從千騎兮駕飛龍。隸辰星兮役太歲，儼晝降兮雷隆隆。朝發軫兮帝庭，夕弭節兮山宮。懭有妖兮虐下士，精爲星兮氣爲虹。爰流血之滂沛兮，又嗜瘧癘與螟蟲。嘯盲風而涕淫雨兮，時又吐旱火之熾融。銜帝命以下討兮，建千仞之修鋒。乘飛霆而追逸景兮，歙砉掃滅而無蹤。忽崩播其來會兮，走海岳之神公，龍車獸鬼不知其數兮，旗纛晻靄而冥蒙。漸俯傴以旅進兮，鏘劍佩之相礱。司殺生之必信兮，知上帝之不汝容。既約束以反職兮，退戰慄而愈恭。澤充塞于四海兮，獨澹然其無功。
君之去兮天門開，款閶闔兮朝玉臺。羣仙迎兮塞雲漢，儼前導兮紛後陪。歷玉階兮帝迎勞，君良苦兮馬虺頹。閔人世兮迫隘，陳下土兮帝所哀。返瓊宮之嵯峨兮，役萬靈之喧豗。默清淨以無爲兮，時節狩于斗魁。詣通明而獻黜陟兮，軼蕩蕩其無回。忽表裏之煥霍兮，光下燭于九垓。時游目以下覽兮，五岳爲豆，四溟爲杯。俯故宮之千柱兮，若毫端之集埃。來非以爲樂兮，去非以爲悲。謂神君之既返兮，曾顏咫尺之不違。升祕殿以內悸兮，魂凜凜而上馳。忽寤寐以有得兮，敢沐浴而獻辭。是耶？非耶？臣不可得而知也。(孔凡禮點校《蘇軾詩集》卷 48，頁 2644)

◎王大年哀詞

嘉祐末，予從事岐下，而太原王君諱彭，字大年，監府諸軍。居相隣，日相從也。時太守陳公弼馭下嚴甚，威震旁郡，僚吏不敢仰視。君獨偘偘自若，未嘗降色詞，公弼亦敬焉。予始異之。問於知君者，皆曰：「此故武寧軍節度使諱全斌之曾孫，而武勝軍節度觀察留後諱凱之子也。少時從父討賊甘陵，搏戰城下，所部斬七十餘級，手射殺二人，而奏功不賞。或勸君自言，君笑曰：『吾爲君父戰，豈爲賞哉？』予聞而賢之，始與論交。君博學精練，書無所不通。尤喜予文，每爲出一篇，輒拊掌歡然終日。予始未知佛法，君爲言大略，皆推見至隱以自證耳，使人不疑。予之喜佛書，蓋自君發之。

其後君爲將，日有聞，乞自試於邊，而韓魏公、文潞公皆以爲可用。先帝方欲盡其才，而君以病卒。其子讜，以文議論有聞於世，亦從予游。予既悲君之不遇，而喜其有子。於其葬也，作相挽之詩以餞之。

> 君之爲將，允武且仁。甚似其父，而輔以文，君之爲士，涵泳書詩。議論慨然，其子似之。奔走四方，豪傑是友。沒而無聞，朋友之咎。驥墮地走，虎生而斑，視其父子，以考我言。（孔凡禮點校《蘇軾文集》卷63，頁1965）

◎李仲蒙哀詞

河南李君仲蒙，以司封郎直史館爲記室岐王府，熙寧二年七月丙戌，終於京師。家貧，喪不時舉。其僚相與賻之，既斂而歸，十月丙申，葬於緱氏柏峌山西。其孤籲使來告軾。曰：「嗚呼！吾先君友人也，哭之其可無詞！」昔吾先君始仕於太常，君以博士朝夕往來相好。先君於人少所與，獨稱君爲長者。君爲人敦朴愷悌，學博而通，長於毛氏《詩》、司馬氏《史》。善與人交，雖見犯不報。嘗有與君爲姻者，無故決去，聞者爲之不平，君恬不以爲意。先君以是稱其難。始舉進士甲科，爲亳、潤、邠三郡職官，後爲應天府錄曹。勤力趨事，長吏有不喜者，欲以事困之而不能。既爲博士，議禮，據正不屈。晚入岐府，以經術輔導，篤實不阿，其言多驗於後。君諱育，其先河內人。自高祖徙於緱氏。沒時年五十。

> 辭曰：中心樂易，氣淑均兮。內外純一，言可信兮。無怨無惡，善友人兮。學詩達禮，敏而文兮。翱翔王藩，仕弗

振兮。宜壽黃耇，隕中身兮。兩不一獲，歸怨神兮。我懷先君，涕酸辛兮。顧嗟眾人，誕失眞兮。矯矯犖犖，自貴珍兮。欺世幻俗，內弗安兮。久而不堪，厭則遁兮。惑者不解，明者哂兮。嗟卒不悟，惟彼賢兮。渾朴簡易，棄弗申兮。往者不遠，我思君兮。（孔凡禮點校《蘇軾文集》卷63，頁1963）

◎錢君倚哀詞

大江之南兮，震澤之北。吾行四方而無歸兮，逝將此焉止息。豈其土之不足食兮，將其人之難偶。非有食無人之爲病兮，吾何適而不可。獨裴回而不去兮，眷此邦之多君子。

有美一人兮，瞭然而清，頎然而瘦。亮直多聞兮，古之益友。帶規矩而蹈繩墨兮，佩芝蘭而服明月。載而之世之人兮，世捍堅而不答。雖不答其何喪兮，超彷徉而自得。吾將觀子之進退以自卜兮，相行止以效清濁。子奄忽而不返兮，世混混吾焉則？升空堂而挹遺像兮，弔凝塵於几席。苟律我者之信亡兮，吾居此其何益。行徬徨而無徒兮，悼捨此而奚嚮。豈存者之舉無其人兮，邈邈如晨星之相望。吾比年而三哭兮，堂堂皆國之英。苟處世之恃友兮，幾如是而吾不亡。臨大江而長嘆兮，吾不濟其有命。（孔凡禮點校《蘇軾文集》卷63，頁1964）

◎歸來引|送王子立歸筠州

歸去來兮，世不汝求胡不歸。洶北望之橫流兮，渺西顧之塵霏。紛野馬之決驟兮，幸余首之未羈。出彭城而南騖兮，眷丘壟而增欷。亂清淮而俯鑒兮，驚昔容之是非。念東坡之遺老兮，輕千里而款餘扉。共雪堂之清夜兮，攬明月之餘輝。曾雞黍之未熟兮，歎空室之伊威。我挽袖而莫留兮，僕夫在門歌式微。歸去來兮，路渺渺其何極。將稅駕於何許兮，北江之南，南江之北。

于此有人兮，儼峨峨其豐碩。孰居約而爾肥兮，非糠覈其何食。久抱一而不試兮，愈溫溫而自克。吾居世之荒浪兮，視昏昏而聽默默。非之子莫振吾過兮，久不見恐自賊。吾欲往而道無由兮，子何畏而不即。將以彼爲玉人兮，以子爲之璞也。（孔凡禮點校《蘇軾詩集》卷 48，頁 2642）

◎黃泥坂辭

出臨皋而東騖兮，並叢祠而北轉。走雪堂之陂陀兮，歷黃泥之長坂。大江洶以左繚兮，渺雲濤之舒卷。草木層累而右附兮，蔚柯丘之蔥蒨。余旦往而夕還兮，步徙倚而盤桓。雖信美不可居兮，苟娛余於一眄。

余幼好此奇服兮，襲前人之詭幻。老更變而自哂兮，悟驚俗之來患。釋寶璐而被繒絮兮，雜市人而無辨。路悠悠其莫往來兮，守一席而窮年。時游步而遠覽兮，路窮盡而旋反。朝嬉黃泥之白雲兮，暮宿雪堂之青煙。喜魚鳥之莫余驚兮，幸樵蘇之我嫚。初被酒以行歌兮，忽放杖而醉偃。草爲茵而塊爲枕兮，穆華堂之清晏。紛墜露之濕衣兮，升素月之團團。感父老之呼覺兮，恐牛羊之予踐。于是蹶然而起，起而歌曰：

月明兮星稀，迎余往兮餞余歸。歲既晏兮草木腓，歸來歸來兮，黃泥不可以久嬉。（孔凡禮點校《蘇軾詩集》卷 48，頁 2642）

◎蘇世美哀詞

有美一人，長而髯兮。廞歆歷落，進趨襜兮。達於從政，敏而廉兮。如求與由，藝果兼兮。魁然丈夫，色悍嚴兮。奮須抵几，走群孅兮。聞名見像，已癘痁兮。敬事友生，小心謙兮。誨養貧弱，語和甜兮。剛柔適中，畏愛僉兮。孤直無依，眾枉嫌兮。何辜於神，壽復殲兮。死無甔石，突不黔兮。孰爲故人，孰視恬兮。

我竄於黃，歲將淹兮。於後八年，夢復覘兮。曰吾子鈞，甘虀鹽兮。冬月負薪，衣不縑兮。覺而長吁，涕流沾兮。永言告鈞，守窮潛兮。苦心危腸，自磨礛兮。天不吾欺，有速淹兮。豈若人子，老閭閻兮。生歡死忘，我言砭兮。（孔

凡禮點校《蘇軾文集》卷63，頁1964）

◎清溪詞

大江南兮九華西，泛秋浦兮亂清溪。水渺渺兮山無蹊，路重複兮居者迷。爛青紅兮粲高低，松十里兮稻千畦。山無人兮雲朝躋，靄濛濛兮淬淒淒。嘯林谷兮號水泥，走魑魅兮下鳧鷖。忽孤壘兮隱重堤，杳冥茫兮聞犬雞。鬱萬瓦兮鳥翼齊，浮軒楹兮飛棋栟。雁南歸兮寒蜩嘶，弄秋水兮挹玻璃。朝市合兮雜髦齯，挾箪瓢兮佩鋤犁。鳥獸散兮相扶攜，隱驚雷兮騖長霓。望翠微兮古招提，掛木杪兮翔雲梯。若有人兮帳幽棲，石爲門兮雲爲閨。塊虛堂兮法喜妻。呼猿狙兮子鹿麛。我欲往兮奉杖黎，獨長嘯兮謝阮、嵇。（孔凡禮點校《蘇軾詩集》卷48，頁2644）

◎傷春詞并引

去歲十二月，虞部郎呂君文甫喪其妻安氏，二月以書遺余曰：「安氏甚美，而有賢行。念之不忘，思有以爲不朽之託者，願求一言以弔之。」余悲其意，乃爲作傷春詞云。

佳人與歲皆逝兮，歲既復而不返。付新春於居者兮，獨安適而愈遠。晝昏昏其如醉兮，夜耿耿而不眠。居兀兀不自覺兮，紛過前之物變。雪霜盡而鳥鳴兮，陂塘泫其流暖。步荒園而訪遺迹兮，蓊百草之生滿。風泛泛而微度兮，日遲遲而愈妍。眇飛絮之無窮兮，爛夭桃之欲然。燕嘵嘵而稚嬌兮，鳩穀穀其老怨。蝶羣飛而相値兮，蜂抱藥而更讙。善萬物之得時兮，痛伊人之罹此冤。

眾族出而侶游兮，獨向壁而永歎。淚熒熒而棲睫兮，花搖目而增眩。晝出門而不敢歸兮，畏空室之漫漫。忽入門而欲語兮，嗟猶意其今存。役魂魄於宵夢兮，追髣髴而無緣。訪臨邛之道士兮，從稠桑之老人。縱可得而復見兮，恐荒忽而非眞。求余文以寫哀兮，余亦愴恨而不能言。夫既其身之不顧兮，尚安用於斯文。（孔凡禮點校《蘇軾文集》卷63，頁1967）

◎山陂陀行

山坡陀兮下屬江，勢崖絕兮遊波所蕩如頹牆。松茀律兮百尺旁，拔此驚葛藟之。上不見日兮下可依，吾曳杖兮吾僮亦吾之書隨。藐余望兮水中沠，頎然而長者黃冠而羽衣。澣頤坦腹磐石箕坐兮，山亦有趾安不危，四無人兮可忘飢。仙人偓佺自言其居瑤之圃，一日一夜飛相往來不可數。使其開口言兮，豈惟河漢無極驚余心。默不言兮，蹇昭氏之不鼓琴。憺將山河與日月長在，若有人兮，夢中仇池我歸路。此非小有兮，噫乎何以樂此而不去。

昔余遊于葛天兮，身非陶氏猶與偕。乘渺茫良未果兮，僕夫悲余馬懷。聊逍遙兮容與，晞余髮兮蘭之渚。余論世兮千載一人猶並時，余行詰曲兮欲知余者稀。峨峨洋洋余方樂兮，譬余繫舟於水，魚潛鳥舉亦不知。何必每念輒得，應餘若響，坐有如此兮人子期。（孔凡禮點校《蘇軾詩集》卷 48，頁 2646）

◎和陶歸去來兮辭

子瞻謫居昌化，追和淵明〈歸去來辭〉，蓋以無何有之鄉爲家，雖在海外，未嘗不歸云爾。

歸去來兮，吾方南遷安得歸。卧江海之澒洞，弔鼓角之悽悲。迹泥蟠而愈深，時電往而莫追。懷西南之歸路，夢良是而覺非。悟此生之何常，猶寒暑之異衣。豈襲裘而念葛，蓋得㛗而喪微。

我歸甚易，匪馳匪奔。俯仰還家，下車闔門。藩垣雖缺，堂室故存。挹吾天醴，注之窪尊。飲月露以洗心，飡朝霞而眩顏。混客主而爲一，俾婦姑之相安。知盜竊之何有，乃培門而折關。廓圜鏡以外照，納萬象而中觀。治廢井以晨汲，滃百泉之夜還。守靜極以自作，時爵躍而鯢桓。

歸去來兮，請終老於斯游。我先人之敝廬，復舍此而焉求？均海南與漢北，挈往來而無憂。畸人告予以一言，非八卦與九疇。方飢須糧，已濟無舟。忽人牛之皆喪，但喬木與高丘。警六用之無成，自一根之返流。望故家而求息，曷中道之三休。

已矣乎，吾生有命歸有時，我初無行亦無留。駕言隨子聽所之，豈以師南華而廢從安期。謂湯稼之終枯，遂不溉而不耔。師淵明之雅放，和百篇之新詩。賦《歸來》之清引，我其後身蓋無疑。（孔凡禮點校《蘇軾詩集》卷 47，頁 2560）

◎**鍾子翼哀詞**并引

軾年始十二，先君宮師歸自江南，曰：「吾南游至虔，有隱君子鍾君，與其弟槩從吾游，同登馬祖巖，入天竺寺，觀樂天墨迹。吾不飲酒，君嘗置醴焉。」方是時，先君未爲時所知，旅游萬里，舍者常爭席，而君獨知敬異之。其後五十有五年，軾自海南還，過贛上，訪先君遺跡，而故老皆無在者，君之沒蓋三十有一年矣。見其子志仁、志行、志遠，相持而泣，念無以致其哀者，乃追作此詞。

君諱棐，字子翼，博學篤行，爲江南之秀。歐陽永叔、尹師魯、余安道、曾子固皆知之，然卒不遇以沒。儂智高叛嶺南，聲搖江西。虔守曹覲，欲籍民財爲戰守備，謀之於君。君曰：「智高必不能過嶺。無事而籍民，民懼且走。」覲曰：「如緩急何？」君曰：「同舟遇風，胡越可使爲左右手，況吾民乎？不幸而至於急，則官與民爲一家，夫孰非吾財者，何以籍爲？」覲悟而止，虔人以安。其詞曰：

崆峒摩天，章貢激石致兩確。高深相臨，悍堅相排洶嶽嶽。
是故其民，勇而尚氣巧礱斲。而其君子，抗志礪節敏於學。
矯矯鍾君，泳於德淵自澡濯。貧不怨天，困不求人老愈慤。
嘉言一發，排難解紛已殘剝。

吾先君子，南游萬里道阻邈。如金未鎔，木未繩墨玉未琢。
君於眾中，一見定交陳禮樂。曰子不飲，我醪甚甘釃此濁。
覽觀江山，扣歷泉石步犖确。先君北歸，君老於虔望南朔。
我來易世，池臺既平墓木幄。三子有立，移書問道過我數，
我亦白首，感傷薰心隕涕渥。是身虛空，俯仰變滅過電雹。

何以寓哀，追頌德人詔後覺。（孔凡禮點校《蘇軾文集》卷63，頁1966）

◎灩澦堆賦并敘

世以瞿塘峽口灩澦堆爲天下之至險，凡覆舟者，皆歸咎於此石。以余觀之，蓋有功於斯人者。夫蜀江會百水而至於夔，瀰漫浩汗，橫放於大野，而峽之大小，曾不及其十一。苟先無以齟齬於其間，則江之遠來，奔騰迅快，盡銳於瞿塘之口，則其嶮悍可畏，當不啻於今耳。因爲之賦，以待好事者試觀而思之。

天下之至信者，唯水而已。江河之大與海之深，而可以意揣。唯其不自爲形，而因物以賦形，是故千變萬化而有必然之理。

掀騰勃怒，萬夫不敢前兮；宛然聽命，惟聖人之所使。余泊舟乎瞿塘之口，而觀乎灩澦之崔嵬，然後知其所以開峽而不去者，固有以也。蜀江遠來兮，浩漫漫之平沙。行千里而未嘗齟齬兮，其意驕逞而不可摧。忽峽口之逼窄兮，納萬頃於一盃。方其未知有峽也，而戰乎灩澦之下，喧豗震掉，盡力以與石鬬，勃乎若萬騎之西來。忽孤城之當道，鈎援臨衝，畢至於其下兮，城堅而不可取。矢盡劍折兮，迤邐循城而東去。於是滔滔汩汩，相與入峽，安行而不敢怒。

嗟夫！物固有以安而生變兮，亦有以用危而求安。得吾說而推之兮，亦足以知物理之固然。（孔凡禮點校《蘇軾文集》卷1，頁1）

◎屈原廟賦

浮扁舟以適楚兮，過屈原之遺宮。覽江上之重山兮，曰惟子之故鄉。伊昔放逐兮，渡江濤而南遷。去家千里兮，生無所歸而死無以爲墳。悲夫！人固有一死兮，處死之爲難。徘徊江上欲去而未決兮，俯千仞之驚湍。賦〈懷沙〉以自傷兮，嗟子獨何以爲心。忽終章之慘烈兮，逝將去此而沉吟。

吾豈不能高舉而遠遊兮，又豈不能退默而深居？獨噭噭其怨慕兮，恐君臣之愈疏。生既不能力爭而強諫兮，死猶冀其感發而改行。苟宗國之顛覆兮，吾亦獨何愛於久生。託江神以告寃兮，馮夷教之以上訴。歷九關而見帝兮，帝亦悲傷而不能救。懷瑾佩蘭而無所歸兮，獨惸惸乎中浦。

峽山高兮崔嵬，故居廢兮行人哀。子孫散兮安在？況復見兮高臺。自子之逝今千載兮，世愈狹而難存。賢者畏譏而改度兮，隨俗變化斵方以爲圓。黽勉於亂世而不能去兮，又或爲之臣佐。變丹青於玉瑩兮，彼乃謂子爲非智。

惟高節之不可以企及兮，宜夫人之不吾與。違國去俗死而不顧兮，豈不足以免於後世？

嗚呼！君子之道，豈必全兮。全身遠害，亦或然兮。嗟子區區，獨爲其難兮。雖不適中，要以爲賢兮。夫我何悲，子所安兮。（孔凡禮點校《蘇軾文集》卷 1，頁 2）

◎昆陽城賦

淡平野之靄靄，忽孤城之如塊。風吹沙以蒼莽，悵樓櫓之安在？横門豁以四達，故道宛其未改。彼野人之何知，方傴僂而畦菜。

嗟夫，昆陽之戰，屠百萬於斯須，曠千古而一快。想尋、邑之來陣，兀若驅雲而擁海。猛士扶輪以蒙茸，虎豹雜沓而橫潰。罄天下於一戰，謂此舉之不再。方其乞降而未獲，固已變色而驚悔。忽千騎之獨出，犯初鋒於於未艾。始憑軾而大笑，旋棄鼓而投械。紛紛籍籍死於溝壑者，不知其何人，或金章而玉佩。

彼狂童之僭竊，蓋已旋踵而將敗。豈豪傑之能得，盡市井之無賴。貢符獻瑞一朝而成羣兮，紛就死之何怪。獨悲傷於嚴生，懷長才而自浼。豈不知其必喪，獨徘徊其安待。過故城而一弔，增志士之永慨。（孔凡禮點校《蘇軾文集》卷 1，頁 3）

◎後杞菊賦并敘

天隨生自言常食杞菊。及夏五月，技葉老硬，氣味苦澀，猶食不已。因作賦以自廣。始余嘗疑之，以爲士不遇，窮約可也，至於飢餓嚼齧草木，則過矣。而余仕宦十有九年，家日益貧，衣食之奉，殆不如昔者。及移守膠西，意且一飽，而齋廚索然，不堪其憂。日與通守劉君廷式，循古城廢圃，求杞菊食之，捫腹而笑。然後知天隨生之言，可信不繆。作〈後杞菊賦〉以自嘲，且解之云。

「吁嗟先生，誰使汝坐堂上稱太守？前賓客之造請，後掾屬之趨走。朝衙達午，夕坐過酉。曾盃酒之不設，攬草木以誑口。對案顰蹙，舉箸噎嘔。昔陰將軍設麥飯與葱葉，井丹推去而不顧。怪先生之眷眷，豈故山之無有？」先生听然而笑曰：「人生一世，如屈伸肘。何者爲貧？何者爲富？何者爲美？何者爲陋？或糠覈而瓠肥，或粱肉而墨瘦。何侯方丈，庾郎三九。較豐約於夢寐，卒同歸於一朽。吾方以杞爲糧，以菊爲糗。春食苗，夏食葉，秋食花實而冬食根，庶幾乎西河、南陽之壽。」（孔凡禮點校《蘇軾文集》卷 1，頁 4）

◎服胡麻賦并敘

始余嘗服伏苓，久之良有益也。夢道士謂余：「伏苓燥，當雜胡麻食之。」夢中問道士：「何者爲胡麻？」道士言：「脂麻是也。」既而讀《本草》，云：「胡麻，一名狗蝨，一名方莖，黑者爲巨勝。其油正可作食。」則胡麻之爲脂麻，信矣。又云：「性與伏苓相宜。」於是始異斯夢，方將以其說食之。而子由賦伏苓以示余。乃作〈服胡麻賦〉以答之。世間人聞服脂麻以致神仙，必大笑。求胡麻而不可得，則妄指山苗野草之實以當之。此古所謂道在邇而求諸遠者歟？其詞曰：

我夢羽人，頎而長兮。惠而告我，藥之良兮。喬松千尺，老不僵兮。流膏入土，龜蛇藏兮。得而食之，壽莫量兮。於此有草，眾所嘗兮。狀如狗蝨，其莖方兮。夜炊晝曝，久乃藏兮。伏苓爲君，此其相兮。

我興發書，若合符兮。乃瀹乃烝，甘且腴兮。補塡骨髓，流髮膚兮。是身如雲，我何居兮。長生不死，道之餘兮。神藥如蓬，生爾廬兮。世人不信，空自劬兮。搜抉異物，出怪迂兮。槁死空山，固其所兮。

至陽赫赫，發自坤兮。至陰肅肅，躋於乾兮。寂然反照，珠在淵兮。沃之不滅，又不燔兮。長虹流電，光燭天兮。嗟此區區，何與於其間兮。譬之膏油，火之所傳而已耶？（孔凡禮點校《蘇軾文集》卷 1，頁 4）

◎快哉此風賦并引

時與吳彥律、舒堯文、鄭彥能各賦兩韻，子瞻作第一、第五。

賢者之樂，快哉此風。雖庶民之不共，眷佳客以攸同。穆如其來，既偃小人之德；颯然而至，豈獨大王之雄？若夫鷁退宋都之上，雲飛泗水之湄。寥寥南郭，怒號於萬竅；颯颯東海，鼓舞於四維。固陋晉人一吷之小，笑玉川兩腋之卑。野馬相吹，摶羽毛於汗漫；應龍作處，作鱗甲以參差。（孔凡禮點校《蘇軾文集》卷 1，頁 30）

◎赤壁賦

壬戌之秋，七月既望，蘇子與客泛舟遊於赤壁之下。清風徐來，水波不興，舉酒屬客，誦明月之詩，歌窈窕之章。少焉，月出於東山之上，徘徊於斗牛之間。白露橫江，水光接天。縱一葦之所如，凌萬頃之茫然。浩浩乎如憑虛御風，而不知其所止，飄飄乎如遺世獨立，羽化而登仙。

於是飲酒樂甚，扣舷而歌之。歌曰：「桂棹兮蘭槳，擊空明兮泝流光，渺渺兮予懷，望美人兮天一方。」客有吹洞簫者，倚歌而和之，其聲嗚嗚然，如怨如慕，如泣如訴。餘音嫋嫋，不絕如縷，舞幽壑之潛蛟，泣孤舟之嫠婦。

蘇子愀然，正襟危坐，而問客曰：「何爲其然也？」客曰：「月明星稀，烏鵲南飛。」此非曹孟德之詩乎？西望夏口，東望武昌。山川相繆，鬱乎蒼蒼。此非孟德之困於周郎者乎？方其破荊州，下江陵，順流而東也，舳艫千里，旌旗蔽空，釃酒臨江，橫槊賦詩，固一世之雄也，而今安在哉？況吾與子漁樵於江渚之上，侶魚蝦而友麋鹿。駕一葉之扁舟，舉匏尊以相屬。寄蜉蝣於天地，渺滄海之一粟。哀吾生之須臾，羨長江之無窮。挾飛仙以遨遊，抱明月而長終。知不可乎驟得，託遺響於悲風。

蘇子曰：「客亦知夫水與月乎？逝者如斯，而未嘗往也。盈虛者如彼，而卒莫消長也。蓋將自其變者而觀之，則天地曾不能以一瞬。自其不變者而觀之，則物與我皆無盡也，而又何羨乎？且夫天地之間，物各有主，苟非吾之所有，雖一毫而莫取。惟江上之清風，與山間之明月，耳得之而爲聲，目遇之而成色。取之無禁，用之不竭，是造物者之無盡藏也，而吾與子之所共食。」客喜而笑，洗盞更酌。肴核既盡，杯盤狼籍。相與枕藉乎舟中，不知東方之既白。（孔凡禮點校《蘇軾文集》卷1，頁5）

◎後赤壁賦

是歲十月之望，步自雪堂，將歸於臨皋。二客從予，過黃泥之坂。霜露既降，木葉盡脫。人影在地，仰見明月。顧而樂之，行歌相答。已而歎曰：「有客無酒，有酒無肴，月白風清，如此良夜何！」客曰：「今者薄暮，舉網得魚，巨口細鱗，狀如松江之鱸。顧安所得酒乎？」歸而謀諸婦。婦曰：「我有斗酒，藏之久矣，以待子不時之須。

於是攜酒與魚，復遊於赤壁之下。江流有聲，斷岸千尺；山高月小，水落石出。曾日月之幾何，而江山不可復識矣。予乃攝衣而上，履巉岩，披蒙茸，踞虎豹，登虬龍，攀棲鶻之危巢，俯馮夷之幽宮。蓋二客不能從焉。劃然長嘯，草木震動，山鳴谷應，風起水湧。予亦悄然而悲，肅然而恐，凜乎其不可久留也。反而登舟，放乎中流，聽其所止而休焉。時夜將半，四顧寂寥。適有孤鶴，橫江東來。翅如車輪，玄裳縞衣，戛然長鳴，掠予舟而西也。

須臾客去，予亦就睡，夢一道士，羽衣翩躚，過臨皋之下，揖予而言曰：「赤壁之遊樂乎？」問其姓名，俛而不答。嗚呼噫嘻！我知之矣，疇昔之夜，飛鳴而過我者，非子也耶？道士顧笑，予亦驚悟。開户視之，不見其處。（孔凡禮點校《蘇軾文集》卷1，頁8）

◎復改科賦

新天子兮，繼體承乾。老相國兮，更張孰先？憫科場之積弊，復詩賦以求賢。探經義之淵源，是非紛若；考辭章之聲律，去取昭然。

原夫詩之作也，始於虞舜之朝；賦之興也，本自兩京之世。迤邐陳、齊之代，綿邈隋、唐之裔。故遒人徇路，爲察治之本；歷代用之，爲取士之制。追古不易，高風未替。祖宗百年而用此，號曰得人；朝廷一旦而革之，不勝其弊。謂專門足以造聖域，謂變古足以爲大儒。事吟哦者爲童子，爲彫篆者非壯夫。殊不知採摭英華也，簇之如錦繡；較量輕重也，等之如錙銖。韻韻合璧，聯聯貫珠。稽諸古，其來尚矣；考諸舊，不亦宜乎？

特令可畏之後生，心潛六義；佇見大成之君子，名振三都。莫不吟詠五字之章，鋪陳八韻之旨。字應周天之日兮，運而無積；句合一歲之月兮，終而復始。過之者成疣贅之患，不及者貽缺折之毀。曲盡古人之意，乃全天下之美。遭逢日月，忻歡者諸子百家；抖擻歷圖，快活者九經三史。議夫賦曷可已，義何足非。

彼文辭泛濫也，無所統紀；此聲律切當也，有所指歸。巧拙由一字之可見，美惡混千人而莫違。正方圓者必藉於繩墨，定檃括者必在於樞機。所以不用孔門，惜揚雄之未達；其逢漢帝，嘉司馬之知微。

噫，昔元豐之《新經》未頒，臨川之《字說》不作。止戈爲武兮，曾試於京國。通天爲王兮，必舒於禁籥。孰不能成始成終，誰不道或詳或略。秋闈較藝，終期李廣之雙鵰；紫殿唱名，果中禰衡之一鶚。

大凡法既久而必弊，士貽患而益深。謂罷於開封，則遠方之隘者，空自韞玉；取諸太學，則不肖之富者，私於懷金。雖負凌雲之志，未酬題柱之心。三舍既興，賄賂公行於庠序；一年爲限，孤寒半老於山林。自是憤愧者莫不顰眉，公正者爲之切齒。思罷者而未免，欲改之而未止。羽翼成商山之父，謳歌歸吾君之子。諫必行言必聽，此道飄飄而復起。（孔凡禮點校《蘇軾文集》卷 1，頁 29）

◎延和殿奏新樂賦——成德之老，來奏新樂

皇帝踐祚之三載也，治道旁達，王功告成。御延和之高拱，奏元祐之新聲。翕然便坐之前，初觀擊拊；允也德音之作，皆協和平。自昔鍾律不調，工師失職。鄭衛之聲既盛，雅頌之音殆息。時有作者，僅存遺則。於魏則大樂令夔，在漢則河間王德。俾後世之有考，賴斯人之用力。時移事改，嗟制作之各殊；昔是今非，知高下之孰得？爰有耆德，適丁盛時。以謂樂之作也，臣嘗學之。顧近世之所用，校古人而失宜。峴下朴律，猶有太高之弊；瑗改照尺，不知同失於斯。

是用稽《周官》之舊法而均其分寸，驗太府之見尺而審其毫釐。鑄器而成，庶幾改數以正度；具書以獻，孰謂體知而無師。時維帝俞，眷茲元老。雖退身而安逸，未忘心於論討。鏗然鐘磬之調適，燦然筍簴之華好。聊既便安之所，奏黃鍾而歌大成；行詠文明之章，薦英祖而享神考。

爾乃停法部之役，而眾工莫與；肄太常之業，而邇臣必陪。天聽聰明而下就，時風和協以徐回。歌曲既登，將歎貫珠之美；韶音可合，庶觀儀鳳之來。斯蓋世格文明，俗躋仁壽。天地之和既應，金石之樂可奏。延英旁矚，念故老之不來；講武前臨，消群慝之交搆。然則律制既立，治功日新。號令皆發而中節，磬筦無聞於奪倫。上以導和氣於宮掖，下以胥悅豫於臣隣。以清濁任意而相識，何憂工玉；謂宮商各諧而自遂，無愧音臣。

嗚呼，趙鐸固中於宮商，周尺仍分於清濁。道欲詳解，事資學博。儻非夔、曠之徒，孰能正一代之樂？（孔凡禮點校《蘇軾文集》卷 1，頁 22）

◎通其變使民不倦賦——通物之變，民用無倦

物不可久，勢將自窮。欲民生而無倦，在世變以能通。器當極弊之時，因而改作；眾得日新之用，樂以移風。

昔者世朴未分，民愚多屈，有大人卓爾以運智，使天下群然而勝物。凡可養生之具，莫不便安；然亦有時而窮，使之弗鬱。下迨堯舜，上從軒羲。作網罟以絕禽獸之害，服牛馬以紓手足之疲。田焉而盡百穀之利，市焉而交四方之宜。神農既沒，而舟楫以濟也；後聖有作，而弧矢以威之。至貴也，而衣裳之有法；至賤也，而臼杵之不遺。居穴告勞，易以屋廬之美；結繩既厭，改從書契之爲。如地也，草木之有盛衰；如天也，日星之有晦見。皆利也，孰識其所以爲利；皆變也，孰詰其所以制變？五材天生而並用，或革或因；百姓日用而不知，以歌以抃。豈不以俗狃其事，化難以神。疾從古之多弊，俾由吾而一新。觀《易》之卦，則聖人之時可以見；觀卦之象，則君子之動可以循。備物致功，蓋適推移之用；樂生興事，故無怠惰之民。

及夫古帝既遙，後王繼踵。雖或不繇於聖作，而皆有適於民用。以瓦屋，則無茅茨之敝漏；以騎戰，則無車徒之錯綜。更皮弁以圜法，周世所宜；易古篆以隸書，秦民咸共。乃知制器者皆出於先聖，泥古者蓋生於俗儒。昔之然今或以否，昔之有今或以無。將何以鼓舞民志，周流化區？王莽之復井田，世滋以惑；房琯之用車戰，眾病其拘。是知作法何常，視民所便。苟新令之可復，雖舊章而必擅。神而化之，使民宜之，夫何懈倦！（孔凡禮點校《蘇軾文集》卷 1，頁 25）

◎明君可與為忠言賦——明則知遠，能受忠告

臣不難諫，君先自明。智既審乎情僞，言可竭其忠誠。虛

己以求，覽群心於止水；昌言而告，恃至信於平衡。君子道大而不回，言出而爲則。事父能孝，故可以事君；謀身必忠，而況於謀國？然而言之雖易，聽之實難；論者雖切，聞者多惑。苟非開懷用善，若轉丸之易從。則投人以言，有按劍之莫測。

國有大議，人方異詞。佞者莫能自直，昧者有所不知。雖有智者，孰令聽之？皎如日月之照臨，罔有道形之蔽；雖復藥石之瞑眩，曾何苦口之疑。蓋疑言不聽，故確論必行；大功可成，故眾患日遠。上之人聞危言而不忌，下之士推赤心而無損。豈微忠之能致，有至明而爲本。是以伊尹醜有夏而歸亳，大賢固擇所從；百里愚於虞而智秦，一身非故相反。

噫！言悅於目前者，不見跬步之外；論難於耳順者，有以百年而興。苟其聰明蔽於嗜好，智慮溺於愛憎；因其所喜而爲善，雖有願忠而孰能？心苟無邪，既坐瞻於百里；人思其效，或將錫之十朋。彼非謂之賢而欲違，知其忠而莫受。目有眯則視白爲黑，心有蔽則以薄爲厚。遂使諛臣乘隙以彙進，智士知微而出走。仲尼不諫，懼將困於婦言，叔孫詭辭，畏不免於虎口。

故明主審遜志之非道，知拂心之謂忠。不求耳目之便，每要社稷之功。有漢宣之賢，充國得盡破羌之計；有魏明之察，許允獲伸選吏之公。大哉事君之難，非忠何報？雖曰伸於知己，而無自辱於善道。《詩》不云乎，哲人順德之行，可以受話言之告。（孔凡禮點校《蘇軾文集》卷 1，頁 24）

◎三法求民情賦——王用三法，斷民得中

民之枉直難其辯，王有刑罰從其公。用三法而下究，求輿情而上通。司刺所專，精測淺深之量；人心易曉，斷依獄訟之中。民也性失而習姦邪，訟興而干獄犴。殘而肌膚，不足使之畏；酷而憲令，不足制其亂。故先王致忠義以核其實，悉聰明以神其斷。蓋一成不可變，所以盡心於刑；此三法以求民情，孰有不平之歎？

若夫老幼之類，蠢愚之人。或過失而冒罪，或遺忘而無倫。或頑而不識，或寃而未伸。一蹈禁網，利口不能肆其辯；一定刑辟，士師不得私其仁。孰究枉弊，孰明僞眞？刑宥舍以盡公，與原其實；輕重中而制法，何濫於民。雖入鈞金，未可謂之堅；雖入束矢，孰可然其直？召伯之明，猶恐不能以意察；皐陶之賢，猶恐不能以情得。必也有秋官之聯，贊司寇之職。臣民以訊，讞國憲以何疑；寬恕其愆，斷人中而無惑。

然則圜土之內，聽有獄正之良。棘木之下，議有九卿之詳。五辭以原其誠僞，五聲以觀其否臧。尚由哀矜而不喜，悼痛以如傷。三寬然後制邦辟，三舍然後施刑章。蓋念罰一非辜，則民情鬱而多怨；法一濫舉，則治道汨而不綱。故折獄致刑，本豐亨而禦世；赦過宥罪，取解象以爲王。得非君示天下公，法與天下共？當赦則赦，姦不吾惠；可殺則殺，惡非汝縱。議獄緩死，以《中孚》之意；明罰勑法，以《噬嗑》之用。彼呂侯作訓，赦者止五刑之疑；而《王制》有言，本此聽庶人之訟。

噫，刑德濟而陰陽合，生殺當而天地參。後世不此務，百姓無以堪。有苗之暴，以虐民者五；叔世之亂，以酷民者三。因嗟秦氏之峻刑，喪邦甚速；儻踵周家之故事，永世何慚。大哉！唐之興三覆其刑，漢之起三章而法。皆除三代之酷暴，率定一時之檢押。然其猶夷族之令而斷趾之刑，故不及前王之浹洽。（孔凡禮點校《蘇軾文集》卷1，頁26）

◎六事廉為本賦——先聖之貴，廉也如此

事有六者，本歸一焉。各以廉而爲首，蓋尚德以求全。官繼條分，雖等差而立制；吏功旌別，皆清愼以居先。器爾眾才，由吾先聖。人各有能，我官其任。人各有德，我目其行。是故分爲六事，悉本廉而作程；用啓庶官，俾厲節而爲政。善者善立事，能者能制宜。或靖恭而不懈，或正直而不隨。法則不失，辨別不疑。第其課分，事區別矣；

舉其要兮，廉一貫之。蔽吏治之否臧，必旌美效；爲民極之介潔，斯作丕基。所謂事者，各一人之攸能；所謂賢者，通眾賢之咸曁。擬之網罟，先綱而後目；況之布帛，先經而後緯。於冢宰處八法之末，厥執既分；在西京同大孝之科，於斯爲貴。

乃知功廢於貪，行成於廉。苟務瀆貨，都忘屬厭。若是則善與能者爲汗而爲濫，恭且正者爲詖而爲憸。法焉不能守節，辨焉不能明賢。故聖人惡彼敗官，雖百能而莫贖；上茲潔行，在六計以相兼。此蓋周公差次之，小宰分掌者。考課則以是黜陟，大比則以爲用捨。彼六條四曰潔，晉法有所虧焉；四善二爲清，唐制未之得也。曷曰獨標茲道，分貫其餘？始於善而迄辨，皆以廉而爲初。念厥德之至貴，故他功之莫如。譬夫五事冠於周家，聞之詩雅；九疇統之皇極，載自箕書。

噫，績效皆煩，清名至美。故先責其立操，然後褒其善理。是以古者之治，必簡而明，其術由此。（孔凡禮點校《蘇軾文集》卷 1，頁 28）

◎黠鼠賦

蘇子夜坐，有鼠方齧。拊床而止之，既止復作。使童子燭之，有橐中空。嘐嘐聱聱，聲在橐中。曰：「嘻，此鼠之見閉而不得去者也。」發而視之，寂無所有。舉燭而索，中有死鼠。童子驚曰：「是方齧也，而遽死耶？向爲何聲，豈其鬼耶？」覆而出之，墮地乃走。雖有敏者，莫措其手。蘇子歎曰：「異哉，是鼠之黠也。閉于橐中，橐堅而不可穴也。

故不齧而齧，以聲致人；不死而死，以形求脱也。吾聞有生，莫智於人。擾龍、伐蛟，登龜、狩麟。役萬物而君之，卒見使於一鼠。墮此蟲之計中，驚脱兔於處女。烏在其爲智也？

坐而假寐，私念其故。若有告余者曰：「汝惟多學而識之，望道而未見也。不一于汝，而二于物，故一鼠之齧而爲之變也。人能碎千金之璧，不能無失聲於破釜；能搏猛虎，不能無變色於蜂蠆。此不一之患也。言出於汝，而忘之耶？」余俛而笑，仰而覺。使童子執筆，記余之作。（孔凡禮點校《蘇軾文集》卷 1，頁 9）

◎秋陽賦

越王之孫，有賢公子，宅於不土之里，而詠無言之詩。以告東坡居士曰：「吾心皎然，如秋陽之明；吾氣肅然，如秋陽之清；吾好善而欲成之，如秋陽之堅百穀；吾惡惡而欲刑之，如秋陽之隕群木。夫是以樂而賦之，子以爲何如？居士笑曰：「公子何自知秋陽哉？生於華屋之下，而長遊於朝廷之上，出擁大蓋，入侍幃幄，暑至於溫，寒至於涼而已矣。何自知秋陽哉？若予者，乃眞知之。方夏潦之淫也，雲烝雨泄，雷電發越，江湖爲一，后土冒沒，舟行城郭，魚龍入室。菌衣生於用器，蛙蚓行於几席。夜違濕而五遷，晝燎衣而三易。是猶未足病也。耕於三吳，有田一廛。禾已實而生耳，稻方秀而泥蟠。溝塍交通，牆壁頹穿。面垢落塈之塗，目泣濕薪之煙。釜甑其空，四鄰悄然。鸛鶴鳴於户庭，婦宵興而永歎。計有食其幾何，矧無衣於窮年。忽釜星之雜出，又燈花之雙懸。清風西來，鼓鐘其鏜。奴婢喜而告余，此雨止之祥也。蚤作而占之，則長庚澹澹其不芒矣。浴於暘谷，升於扶桑。曾未轉盼，而倒景飛於屋梁矣。方是時也，如醉而醒，如瘖而鳴。如痿而起行，如還故鄉初見父兄。公子亦有此樂乎？」

公子曰：「善哉！吾雖不身履，而可以意知。」居士曰：「日行於天，南北異宜。赫然而炎非其虐，穆然而溫非其慈。且今之溫者，昔之炎者也。云何以夏爲盾而以冬爲衰乎？吾儕小人，輕慍易喜。彼冬夏之畏愛，乃羣狙之三四。自今知之，可以無惑。居不墐户，出不仰笠，暑不言病，以無忘秋陽之德。」公子拊掌，一笑而作。（孔凡禮點校《蘇軾文集》卷 1，頁 9）

◎洞庭春色賦并引

安定郡王以黃柑釀酒，名之曰洞庭春色。其猶子德麟得之以餉予。戲作賦曰：

吾聞橘中之樂，不減商山。豈霜餘之不食，而四老人者遊戲其間？悟此世之泡幻，藏千里於一斑。舉棗葉之有餘，納芥子其何艱。宜賢王之達觀，寄逸想於人寰。

嫋嫋兮秋風，泛天宇兮清閒。吹洞庭之白浪，漲北渚之蒼灣。攜佳人而往游，勒霧鬢與風鬟。命黃頭之千奴，卷震澤而與俱還。糅以二米之禾，藉以三脊之菅。忽雲蒸而冰解，旋珠零而涕潸。翠勺銀罌，紫絡青綸。隨屬車之鴟夷，款木門之銅鐶。分帝觴之餘瀝，幸公子之破慳。我洗盞而起嘗，散腰足之痺頑。盡三江於一吸，吞魚龍之神姦。醉夢紛紛，始如髦蠻。鼓包山之桂楫，扣林屋之瓊關。卧松風之瑟縮，揭春溜之淙潺。追范蠡於渺茫，吊夫差之惸鰥。屬此觴於西子，洗亡國之愁顏。驚羅襪之塵飛，失舞袖之弓彎。

覺而賦之，以授公子曰：「嗚呼噫嘻！吾言誇矣!公子其爲我刪之。」（孔凡禮點校《蘇軾文集》卷 1，頁 11）

◎酒隱賦并敘

鳳山之陽，有逸人焉，以酒自晦。久之，士大夫知其名，謂之酒隱君，目其居曰酒隱堂，從而歌詠者不可勝紀。隱者患其名之著也，於是投迹仕途，即以混世，官於合肥郡之舒城。嘗與遊，因與作賦，歸書其堂云。

世事悠悠，浮雲聚漚。昔日濬壑，今爲崇丘。眇萬事於一瞬，孰能兼忘而獨遊？爰有達人，泛觀天地。不擇山林，而能避世。引壺觴以自娛，期隱身於一醉。

且曰封侯萬里，賜璧一雙。從使秦帝，橫令楚王。飛鳥已盡，彎弓不藏。至於血刃膏鼎，家夷族亡。與夫洗耳潁尾，食薇首陽。抱信秋溺，徇名立殭。臧、穀之異，尚同歸於亡羊。

若乃池邊倒載，甕下高眠。背後持鍤，杖頭掛錢。遇故人而腐脇，逢麴車而流涎。暫託物以排意，豈胸中而洞然？使其推虛破夢，則擾擾萬緒起矣，烏足以名世而稱賢者耶？（孔凡禮點校《蘇軾文集》卷 1，頁 20）

◎中山松醪賦

始予宵濟於衡漳，車徒涉而夜號。燧松明而識淺，散星宿於亭皋。鬱風中之香霧，若訴予以不遭。豈千歲之妙質，而死斤斧於鴻毛。效區區之寸明，曾何異於束蒿。爛文章之糾纆，驚節解而流膏。嗟構廈其已遠，尚藥石而可曹。收薄用於桑榆，製中山之松醪。救爾灰燼之中，免爾螢爝之勞。

酌以癭藤之紋樽，薦以石蟹之霜螯。曾日飲之幾何，覺天刑之可逃。投拄杖而起行，罷兒童之抑搔。望西山之咫尺，欲褰裳以遊遨。跨超峰之奔鹿，接挂壁之飛猱。遂從此而入海，渺翻天之雲濤。使夫嵇、阮之倫，與八仙之羣豪。或騎麟而翳鳳，爭榼挈而瓢操。顛倒白綸巾，淋漓宮錦袍。追東坡而不可及，歸餔歠其醨糟。漱松風於齒牙，猶足以賦〈遠遊〉而續《離騷》也。（孔凡禮點校《蘇軾文集》卷 1，頁 12）

◎酒子賦并引

南方釀酒，未大熟，取其膏液，謂之酒子，率得十一。既熟，則反之醅中。而潮人王介石，泉人許玨，乃以是餉予。寧其醅之漓，以蘄予一醉。此意豈可忘哉，乃爲賦之。

米爲母，麴其父，蒸羔豚，出髓乳。憐二子，自節口。餉滑甘，輔衰朽。先生醉，二子舞。歸瀹其糟飲其友。

先生既醉而醒，醒而歌之曰：吾觀稚酒之初泫兮，若嬰兒之未孩。及其溢流而走空兮，又若時女之方笄。割玉脾於蠭室兮，氄雛鵝之毰毸。味盎盎其春融兮，氣凜冽而秋淒，噉朝霞於霜谷兮，濛夜稻於露畦。吾飲少而輒醉兮，與百榼其均齊。游物初而神凝兮，反實際而形開。顧無以酧二子之勤兮，出妙語於瓊瑰。歸懷璧且握珠兮，挾所有以傲厥妻。遂諷誦以忘食兮，殷空腸之轉雷。（孔凡禮點校《蘇軾文集》卷 1，頁 14）

◎沉香山子賦子由生日作

古者以芸爲香，以蘭爲芬。以鬱鬯爲裸，以脂蕭爲焚。以椒爲塗，以蕙爲薰。杜衡帶屈，菖蒲薦文。麝多忌而本羶，蘇合若薌而實葷。嗟吾知之幾何，爲六入之所分。方根塵之起滅，常顚倒其天君。每求似於髣髴，或鼻勞而妄聞。

獨沉水爲近正，可以配薝蔔而並云。矧儋崖之異產，實超然而不群。既金堅而玉潤，亦鶴骨而龍筋。惟膏液之內足，故把握而兼斤。顧占城之枯朽，宜爨釜而燎蚊。

宛彼小山，巉然可欣。如太華之倚天，象小孤之插雲。往壽子之生朝，以寫我之老懃。子方面壁以終日，豈亦歸田而自耘。幸置此於几席，養幽芳於帨帉。無一往之發烈，有無窮之氤氳。蓋非獨以飲東坡之壽，亦所以食黎人之芹也。（孔凡禮點校《蘇軾文集》卷 1，頁 13）

◎天慶觀乳泉賦

陰陽之相化，天一爲水。六者其壯，而一者其稺也。夫物老死於坤，而萌芽於復。故水者，物之終始也。意水之在人寰也，如山川之蓄雲，草木之含滋，漠然形而爲往來之氣也。爲氣者水之生，而有形者其死也。死者鹹而生者甘，甘者能往能來，而鹹者一出而不復返，此陰陽之理也。吾何以知之？蓋嘗求於身而得其說。

凡水在人者，爲汗、爲涕、爲洟、爲血、爲溲、爲矢、爲涎、爲沫，此數者，皆水之去人而外騖，然後肇形於有物，皆鹹而不能返。故鹹者九而甘者一。一者何也？唯華池之眞液，下涌於舌底，上流於牙頰，甘而不壞，白而不濁，宜古之仙者以是爲金丹之祖，長生不死之藥也。

今夫水之在天地之間者，下則爲江湖井泉，上則爲雨露霜雪，皆同一味之甘，是以變化往來，有逝而無竭。故海洲之泉必甘，而海雲之雨不鹹者，如涇渭之不相亂，河濟之不相涉也。若夫四海之水，與凡出鹽之泉，皆天地之死氣也。故能殺而不能生，能槁而不能浹也，豈不然哉？

吾謫居儋耳，卜築城南，隣於司命之宮，百井皆鹹，而醪醴湩乳，獨發於宮中，給吾飲食酒茗之用，蓋沛然而無窮。吾嘗中夜而起，挈缾而東。有落月之相隨，無一人而我同。汲者未動，夜氣方歸。鏘瓊佩之落谷，灧玉池之生肥。吾三嚥而遄返，懼守神之訶譏。却五味以謝六塵，悟一眞而失百非。信飛仙之有藥，中無主而何依。渺松喬之安在，猶想像於庶幾。（孔凡禮點校《蘇軾文集》卷 1，頁 15）

◎菜羹賦并敘

東坡先生卜居南山之下，服食器用，稱家之有無。水陸之味，貧不能致，煮蔓菁、蘆菔、苦薺而食之。其法不用醯醬，而有自然之味。蓋易具而可常享。乃為之賦。

嗟余生之褊迫，如脫兔其何因。殷詩腸之轉雷，聊禦餓而食陳。無芻豢以適口，荷鄰蔬之見分。

汲幽泉以揉濯，搏露葉與瓊根。爨鉶錡以膏油，泫融液而流津。湯濛濛如松風，投糝豆而諧匀。覆陶甌之穹崇，謝攪觸之煩勤。屏醯醬之厚味，却椒桂之芳辛。水初耗而釜泣，火增壯而力均。滃嘈雜而麋潰，信淨美而甘分。

登盤盂而薦之，具匕箸而晨飧。助生肥於玉池，與吾鼎其齊珍。鄙易牙之效技，超傅說而策勳。沮彭尸之爽惑，調竈鬼之嫌嗔。嗟丘嫂其自隘，陋樂羊而匪人。

先生心平而氣和，故雖老而體胖。計餘食之幾何，固無患於長貧。忘口腹之為累，以不殺而成仁。竊比予於誰歟？葛天氏之遺民。（孔凡禮點校《蘇軾文集》卷 1，頁 17）

◎老饕賦

庖丁鼓刀，易牙烹熬。水欲新而釜欲潔，火惡陳而薪惡勞。

九蒸暴而日燥，百上下而湯鏖。嘗項上之一臠，嚼霜前之兩螯。爛櫻珠之煎蜜，滃杏酪之蒸羔。蛤半熟而含酒，蟹微生而帶糟。蓋聚物之夭美，以養吾之老饕。

婉彼姬姜，顏如李桃。彈湘妃之玉瑟，鼓帝子之雲璈。命仙人之萼綠華，舞古曲之鬱輪袍，引南海之玻璨，酌涼州之蒲萄。願先生之耆壽，分餘瀝於兩髦。候紅潮於玉頰，驚熳響於檀槽。忽纍珠之妙唱，抽獨繭之長繰。閔手倦而少休，疑吻燥而當膏。倒一缸之雪乳，列百柂之瓊艘。各眼灩於秋水，咸骨醉於春醪。

美人告去，已而雲散，先生方兀然而禪逃。響松風於蟹眼，浮雪花於兔毫。先生一笑而起，渺海闊而天高。（孔凡禮點校《蘇軾文集》卷 1，頁 16）

◎濁醪有妙理賦——神聖功用，無捷於酒

酒勿嫌濁，人當取醇。伊人之生，以酒爲命。常因既醉之適，方識此心之正。稻米無知，豈解窮理；麴蘗有毒，安能發性。乃知神物之自然，蓋與天工而相並。得時行道，我則師齊相之飲醇；遠害全身，我則學徐公之中聖。

湛若秋露，穆如春風。疑宿雲之解駮，漏朝日之暾紅。初體粟之失去，旋眼花之掃空。酷愛孟生，知其中之有趣；猶嫌白老，不頌德而言功。兀爾坐忘，浩然天縱。如如不動而體無礙，了了常知而心不用。坐中客滿，惟憂百榼之空；身後名輕，但覺一盃之重。今夫明月之珠，不可以襦。夜光之璧，不可以餔。芻豢飽我而不我覺，布帛燠我而不我娛。惟此君獨遊萬物之表，蓋天下不可一日而無。

在醉常醒，孰是狂人之藥；得意忘味，始知至道之腴。又何必一石亦醉，罔間州閭；五斗解酲，不問妻妾。結韈廷中，觀廷尉之度量；脫靴殿上，夸謫仙之敏捷。陽醉逷地，常陋王式之褊；烏歌仰天，每譏楊惲之狹。我欲眠而君且去，有客何嫌；人皆勸而我不聞，其誰敢接。殊不知人之齊聖，匪昏之如。古者晤語，必旅之於。獨醒者，汨羅之

道也；屢舞者，高陽之徒歟？惡蔣濟而射木人，又何狷淺？殺王敦而取金印，亦自狂疎。

故我內全其天，外寓於酒。濁者以飲吾僕，清者以酌吾友。吾方耕於渺莽之野，而汲於清泠之淵，以釀此醪，然後舉窪樽而屬予口。（孔凡禮點校《蘇軾文集》卷 1，頁 21）

二、蘇過辭賦全文輯錄

◎颶風賦并敘

《南越志》：熙安間多颶風。颶者，具四方之風也。嘗以五、六月發。未至時，雞犬爲之不鳴。又《嶺表志》云：秋夏間有暈如虹者，謂之颶母，必有飄風。

仲秋之夕，客有叩門指雲物而告予曰：「海氛甚惡，非祲非祥。斷霓飲海而北指，赤雲夾日而南翔。此颶之漸也。子盍備之？」語未卒，庭户肅然，槁葉蔌蔌，驚鳥疾呼，怖獸辟易。忽野馬之決驟，矯退飛之六鷁。襲土囊之暴怒，持眾竅之叱吸。予乃入室而坐，斂衽變色。客曰：「未也，此颶之先驅爾。」

少焉，排户破牖，隕瓦擗屋。礧擊巨石，揉拔喬木。勢翻渤澥，響振坤軸。疑屏翳之赫怒，執陽侯而將戮。鼓千尺之濤瀾，襄百仞之陵谷。吞泥沙於一卷，落崩崖於再觸，列萬馬而并騖，潰千車而爭逐。虎豹懾駭，鯨鯢奔蹙。類鉅鹿之戰，殷聲呼而動地；似昆陽之役，舉百萬於一覆。予亦爲之股慄毛聳，索氣側足。夜拊榻而九徙，晝命龜而三卜。蓋三日而後息也。

父老來唁，酒漿羅列。勞來僮僕，懼定而説。理草木之既偃，葺軒檻之已折。補茅屋之罅漏，塞牆垣之頹缺。已而山林寂然，水波不興。動者自止，鳴者自停。湛天宇之蒼蒼，流孤月之熒熒。忽悟且歎，莫知所營。

嗚呼！小大出於相形，憂喜因於所遇。昔之飄然者，若爲巨邪？吹萬不同，果足怖邪？蟻之緣也，噓則墜；蚋之集也，呵則舉。夫噓呵曾不能以振物，而施之二蟲則甚懼。鵬水擊而三千，搏扶搖而九萬。彼視吾之惴慄，亦爾汝之相莞。均大塊之噫氣，奚巨細之足辨？陋耳目之不廣，爲外物之所戀。且夫萬象起滅，衆怪耀炫，求髣髴於過耳，視空中之飛電。則向之所謂可懼者，實邪？虛邪？惜吾知之晚也。（敘《斜川集校注》未收，見《蘇軾文集》卷 1，頁 18）（賦見《斜川集校注》卷 7，頁 456）

◎思子臺賦并引

予先君宮師之友史君，諱經臣，字彥輔，眉山人。與其弟沆、子凝皆奇士，博學能文，慕李文饒之爲人，而舉其議論。彥輔舉賢良，不中第。子凝以進士得官，止著作佐郎。皆早死，且無子，有文數百篇皆亡之。予少時常見彥輔所作〈思子臺賦〉，上援秦皇，下逮晉惠，反復哀切，有補於世。蓋記其意而亡其辭，乃命過作補亡之篇，庶幾後之君子，猶得見斯人胸懷之髣髴也。

客有自蜀遊梁，傃關而東。覽河華之形勝兮，訪秦漢之遺宮。得巋然之頹甚兮，並湖城之西墉。弔漢武之暴怒兮，悼戾園之憫凶。聞父老之哀歎兮，猶有歸來望思之遺恫。吁犬臺之讒頰兮，實咀毒而銜鋒。敗趙國於俛仰兮，又將覆劉氏之宗。聞漢武之多忌兮，謂左右之皆戎。殺陽石而未厭兮，又瘞禍於宮中。忸君王之好殺兮，視人命猶昆蟲。死者幾何人兮，豈問骨肉與王公？惑狂傅之淺謀兮，不忍忿忿而殺充。上曾不鑒予之無聊兮，實有豕心？負此名而欲亡兮，天下其孰吾容？苟逭死於泉鳩兮，冀稍久而自理。遘大患於倉猝兮，憤孤憤於永已。念君老而孰圖兮，嗟肉食其多鄙。獨三老與千秋兮，懷愛君之拳拳。犯雷霆之方怒兮，消積禍於一言。洗沈冤之無告兮，戮讒人其已晚。幸曾孫之無恙兮，亦足以慰乎九原。雖築臺其何救兮，固知已往之不諫。魂煢煢其歸來兮，蓋庶幾於復見也。

昔秦之亡也，禍始於扶蘇。眇斯高之羸豕兮，視其君如乳虎。曾纘息之未定兮，乃敢探其穴而啗其雛。在晉四世，有君不惠。孼婦晨雊，強王定制。惟愍懷之遭罹兮，實追縱於漢戾。顧孱后之何知兮，亦號呼於既逝。寫餘哀於江陵兮，發故臣之幽契。仍築臺以望思兮，蓋援武以自例。嗚呼噫嘻！可弔而不可哂兮，亦各言其子也。

彼茂陵之雄傑兮，係九戎而鞭百蠻。笑堯禹而陋湯武兮，蓋將與黃帝俱仙。及其失道於幾微兮，狐鬼生於左臂。如嬰兒之未孩兮，易耳目而不知。甘泉咫尺而不通兮，與式乾其何異？既上配於秦皇兮，又下比於晉惠。君子是以知聖狂之本同，而聰明之不可恃也。

覽觀古初，孰哲孰愚？皆知指笑乎前人，而莫知後之視予。方漢武之盛也，肯自比於驪山之朽骨，而況於金墉之獨夫乎？自今觀之，三后一律，皆以信讒而殺子，暱姦而敗國。各築臺以寄哀，信同名而齊實。彼昏庸者固不足告也，吾將以爲明主之龜策。

自建元以來，張湯、主父偃之流，與兩丞相、三長史之徒，皆以無罪而夷滅，一言以就誅。曾無興哀於既往，一洗其無辜。獨於據也，悲歌慷慨、泣涕躊躇。嗚呼哀哉！莫有以楚靈王之言告者曰：「人之愛其子也，亦如予乎？」天道好還，以德爲符。惟孟德之鷙忍兮，亦嗜殺以爲娛。彼楊公之愛修兮，豈減吾之蒼舒。恨元化之不可作兮，然後知鼠輩之果無。同舐犢於晚歲兮，又何怨於老臞？吾將以嗜殺爲戒也，故於末而并書。（引爲蘇軾作，見《蘇軾文集》卷 1，頁 30）（賦見《斜川集校注》卷 7，頁 456）

◎松風亭詞

亂一水兮清泠，絕塵市兮郊坰。鬱松風之參差，忽飛構兮危亭。悲風來兮號滄溟，寒月出兮款户庭。聽萬籟兮發無形，感窮歲兮物彫零。簾舒卷兮度飛螢，白露下兮靄疏星。二江東來兮勢建瓴，千山右繞兮環翠屏。彼柴門兮晝常扃，屏外物兮返視聽。

嗟世故之迫隘兮，夫何異於囹圄。幸此身之日遠兮，□可逃於天刑。望神仙其咫尺兮，想羽人於杳冥。或命駕以遨游兮，兹弭節而少停。友羣仙兮役萬靈，驂鸞鶴兮駕鳳軿。願執鞭兮展軨，愧凡骨兮羶腥。
余師首陽之清德兮，超千古而猶馨。偉三閭之諒直兮，高眾人而獨醒。慕子房之明哲兮，學辟穀以引齡。嗚呼！雖九原之不可作兮，庶斯人以發硎。（《斜川集校注》卷 1，頁 52）

◎伏波將軍廟碑

功名與五福均，意其爲造物者所吝也。富貴之視貧賤，壽考之方疾夭，固懸絕矣。若夫建不朽之功名，銘之鼎彝，垂之竹帛，使百世之後，想見其遺風餘烈，則與夫沒世無聞者，蓋不可同年而語矣，得不爲造物者所吝乎？雖然，聖人罕言命，以爲言命則人事廢矣，然有不得不疑於造物者。

漢武帝之喜功，而李廣卒不封；光武之好士，而伏波竟以讒死。嗚呼！伏波亦長於慮患而智於出師矣，而壺頭一衄，讒人遂入其說，人主一信而不回，豈非命也夫？始其策公孫述、隗囂之必敗，南征白粵，指揮而定。豈其智於昔而愚於今耶？武陵之役，壺頭路近而水險；若道於充，則路夷而運遠。夫費日運糧，敵必有備，孰若提必死之士，搤其咽喉，所謂疾雷不及掩耳，此鄧艾用以破蜀，李靖所以平江陵也。使伏波士卒不病，則戰有餘矣，而耿舒乃謂不從其言以致敗。夫事固有幸不幸耳。田千秋一言取丞相，衛青平匈奴而致位大將軍。其智安在？故豪傑之士，則庸夫得以藉口而自信其說，豈不悲哉？且從光武定天下，功臣莫不有封，而伏波獨以讒奪；至永平圖形雲臺，而伏波乃以椒房之故不與，是命也夫？

僕侍親南遷，踰五嶺，將涉大海，過將軍祠下，哀將軍之身，見誣於千載之上；而歎將軍之澤，不斬於百世之後。豈彼造物者能困其人，而不能困其功名也耶？僅拜手稽首，獻其詞曰：

維百粵之險阻兮，右渤海而左五嶺。洞庭居其肘腋兮，九疑跨其襟領。日翳翳其無光兮，谷幽幽其如井。烝毒霧之四塞兮，雖六師其安騁？故尉佗之陸梁兮，建黃屋而外屏。薄蒼梧之舜野兮，內嘯聚夫不逞。屬孝武之明靈兮，赫王怒之誰梗？問將軍之安在兮，敢有愛其遺境？嗟粵人之喜亂兮，每覘吾之不警。彼儂氏之狂狡兮，民欲殞於陷井。雖不足以辱師兮，非仁者其誰靖？下凌波之樓船兮，驚絕俗之氣稟。勢破竹之無幾兮，倏迎刃而自定。殲渠魁以懲慝兮，釋俘囚而伸儆。布天子之德澤兮，捨盟書而胥命。誓馬革以裹尸兮，敢鳶飛而告病？何薏苡以興讒兮，抱孤忠而不見省。昔樂毅之去燕兮，遭孱主之聽瑩。悲將軍之誰咎兮？死青蠅於主聖。眷朱勃之何人兮，蹈欒布之前鼎。雖不能已雷霆之怒兮，亦少慰夫未瞑。仰嘉名於千載兮，傷吾道之不競。功未錄而罪及兮，掩大德於一眚。維鴂舌之何知兮，獨忠義之所敬。走千里之粢盛兮，恃德刑於邪正。使斯民畏罪而不欺兮，猶將軍之威令。(《斜川集校注》卷 7，頁 468)

◎志隱並跋

昔余侍先君子居儋耳，丁年而往，二毛而歸。蓋嘗築室有終焉之志，遂賦〈志隱〉一篇，效昔人〈解嘲〉、〈賓戲〉之類，將以混得喪、忘羈旅，非特以自廣，且以爲老人之娛。先君子覽之，欣然嘉焉，逮今二十年矣。政和丙申來潁水，偶發書篋，得舊稿，悵然感歎。小兒籥在總角時，逮事先君子者，惜此篇久亡而今存，請書其事而藏之，庶幾不忘在莒云耳。

蘇子居島夷之二年，客有自許來唁，問其安否而勉之進取曰：「天之生物，類聚羣分。蠢動飛走，不相奪倫，魚宅於淵，獸伏於榛。蠶之於冰，鼠之於焚。失其所則病，因其性則存。且非獨蟲魚然也，楚之橘柚不植於燕代，晉之棗栗不繁於閩越。非天地之所私，繫物性之南北，況於人乎？余蜀人也，少遊三晉之間矣。秋冬之交，朔風蕭條。山童澤枯，墮指折膠。陰山之雪，三歲不消。故其生實瘠而不窳，畜駟強而不乾。人亦剛而多勇，壽而碩堅。膚拆面皴，足胝手胼。爲霜雪之所凝，凜其質之歲寒。

而五嶺之南，夷獠雜居。天卑地濘，山盤水紆。惡溪肆流，毒霧蒸嘘。晝避蝮虺，夜號鼪鼯。草木冬花，霖潦長濘。星隱於氣，日見於晡。故其民多重膇之病，寒熱中膚。非耋而傴，非躄而扶。而儋耳者，又在二廣之南，南溟之中。其民卉服鼻飲，語言不通。狀若禽獸，既嚚且聾。海氣鬱雺，瘴煙溟濛。而子安之，豈亦有道乎？

且夫君子之修身也，病沒世而無聞。故其躡屩而取卿相，脱輓輅而□（疑作「獲」）封君。季子從成而得印，范叔計行而專秦。相如進缶而趙重，毛遂奉盤而楚親。或刀筆以自奮，或干戈以策勳。脱穎者富貴，陸沈者賤貧。希揄揚於鼎彝，恥湮沒於埃塵。古人有言：歲云暮矣，時不我與。如子之年，鳴鐘鼎食者多矣，曷亦有意於世乎？」

蘇子曰：「噫！若客殆未達者耶？大塊之間，有生同之。喜怒哀樂，鉅細不遺。蟻蠭之君臣，蠻觸之雄雌。以我觀之，物何足疑？彭聃以寒暑爲朝暮，蟪蛄以春秋爲期頤。孰壽孰夭？孰欣孰悲？況吾與子，好惡性習，一致同歸。寓此世間，美惡幾希。乃欲夸三晉而陋百粵，棄遠俗而鄙島夷，竊爲子不取也。子知魚之安於水也，而魚何擇夫河漢之與江湖？知獸之安於藪也，而獸何擇於雲夢之與孟諸。松柏之後彫，萑葦之易枯。乃物性之自然，豈土地之能殊？子乃以晉楚之產疑之，過矣。

雖然，瘴厲之地，子不得其詳也。僕亦擇其可道者以釋子之惑。天地之氣，冬夏一律。物不凋瘁，生意靡息。冬絺夏葛，稻歲再熟。富者寡求，貧者易足。績藥爲衣，蒳根爲糧。鑄山煮海，國以富強。犀象珠玉，走於四方。士獨免於戰爭，民獨勉於農桑。其山川則清遠而秀絕，陵谷則縹緲而峁鬱。雖龍蛇之委蔵，亦神仙之所宅。吾蓋樂遊而忘返，豈特暖席之與黔突也哉！

若夫紆朱懷金，肥馬輕車，固人情之所欲得也，而況金石之傳，不朽之榮，爲主上布德澤於斯民，拊四夷而賓不庭。固非獨善其身，老死丘壑者所得擬也。然功高則身危，名重則謗生。枉尋者見容，方枘者必憎。而自古豪傑之士，有不能閭閻之窮，慨然有澄清之志，探虎穴，索驪珠，而得全者蓋無一二也。彼大人者，窅然觀之，顰蹙遠引，況以榮爲樂耶？

世非不知得士者昌，失士者危。然患難或可以共處，安逸或可以長辭。子胥不免於屬鏤，范蠡得計於鴟夷。蕭何縲囚於患失，留侯脫屣於先知。敵國亡而信烹，劉氏安而勃疑。故介推避祿於綿田，魯連辭賞於燕師。接輿長歌於鳳鳥，莊叟感慨於郊犧。僕無過人之才，固不足以自媒也。然馬之羈靮，鷹之鞲紲，寒心久矣。方長鳴於冀北，睹皁棧而知懼。擊鮮肥於秋風，又何臠割之足顧哉？

蓋嘗聞養生之粗也，今置身於遐荒，如有物之初。余逃空谷之寂寥，眷此世而愈疏。追赤松於渺茫，想神仙於有無，此天下之至樂也。而子期我以世人，污我於泥涂。貪千仞之轂，輕隋侯之珠。子以爲巧，我知其愚。」

客愧且歎曰：「吾淺之爲丈夫也！」（跋爲蘇過追作，見《斜川集校注》卷 9，頁 619）（賦見《斜川集校注》卷 7，頁 479）